L'Étrange Cas du Dr Jekyll et de M. Hyde

Première de couverture : Prod DB © ITV Studios/DR.
Deuxième de couverture : [h] © Bridgeman Images ; [b] © Photo12/Alamy.
Troisième de couverture : [h] © Bridgeman Images/Granger ; [b] © Bridgeman Images/Leeds Museums and Galleries (Leed Art Gallery), UK.
Page 89 : © iStock/Olga Prokopeva.
Page 139 : © iStock/Meilun.
Page 169 : © adoc-photos.

Titre original : *The Strange Case of Dr Jekyll and Mr Hyde*

170 bis, boulevard du Montparnasse, 75680 Paris cedex 14

ISBN 979-10-358-0494-7
ISSN 1958-0541

CLASSICOCOLLÈGE

L'Étrange Cas du Dr Jekyll et de M. Hyde

ROBERT LOUIS STEVENSON

Traduit de l'anglais
par Charles-Albert Reichen

Dossier par Cédric Hannedouche
Agrégé de lettres modernes

BELIN ■ GALLIMARD

Sommaire

Arrêt sur l'œuvre

Groupements de textes

Autour de l'œuvre

Introduction

En 1885, Robert Louis Stevenson, en quête de repos, et son épouse Fanny viennent s'installer dans une maison de Bournemouth, dans le sud de l'Angleterre. Depuis son enfance, l'auteur de *L'Île au trésor* est en effet atteint du croup, une maladie respiratoire source de fortes fièvres qui l'entrave dans ses activités. Une nuit, épouvantée par les cris d'horreur que son mari pousse dans son sommeil, Fanny entreprend de le réveiller. Sans perdre un instant, R. L. Stevenson décide de rapporter le contenu du cauchemar qui vient de s'interrompre et se met au travail. Il aboutit ainsi à la première version de *L'Étrange Cas du Dr Jekyll et de M. Hyde* qu'il soumet à Fanny. Les reproches qu'il entend de la bouche de sa femme sont sans appel. Il jette son manuscrit aux flammes et entreprend de réécrire une seconde version expurgée des cruautés et des débauches de M. Hyde. C'est cette version qui nous est parvenue.

Ce bref roman fantastique se présente avant tout comme le récit d'une enquête et préfigure les questionnements psychanalytiques de la décennie suivante. Dans cette sinistre histoire de double maléfique, R. L. Stevenson interroge le fragile équilibre entre le bien et le mal qui sommeille en nous tous.

Chapitre 1

La porte mystérieuse

M. Utterson, avoué[1] de son état, était un homme au visage sévère qu'aucun sourire n'éclairait jamais. D'où venait cependant la sympathie qu'il inspirait malgré son aspect froid, renfrogné[2], son élocution[3] embarrassée[4], et son long corps morne[5] et maigre? À l'occasion de quelque réunion d'amis, quand il avait trouvé le vin à sa convenance[6], ses yeux brillaient d'un doux éclat; le personnage s'humanisait, mais cette humanité ne transparaissait pas seulement dans l'expression de sa physionomie aux heures de détente qui suivent les bons repas, mais plus souvent encore et avec plus de force dans certains actes de sa vie. Il s'infligeait une discipline austère[7]. S'il buvait du gin[8] lorsqu'il était seul, c'était uniquement pour contrarier son penchant aux bons vins. Depuis vingt ans et malgré un goût très vif pour le spectacle, il n'avait pas mis les pieds dans un théâtre. Pour autrui, cependant, il se sentait des trésors d'indulgence[9]. Qu'il fallût aux autres tant de vitalité

1. **Avoué**: homme de loi chargé ici, comme un notaire, de faire appliquer les décisions testamentaires de ses clients.
2. **Renfrogné**: contracté en signe de mauvaise humeur.
3. **Élocution**: manière de s'exprimer.
4. **Embarrassée**: marquée par la gêne.
5. **Morne**: qui manque de vitalité.
6. **À sa convenance**: à son goût.
7. **Austère**: stricte, sévère.
8. **Gin**: boisson alcoolisée.
9. **Indulgence**: capacité à pardonner.

pour commettre le mal ne laissait pas de l'étonner quelquefois ; et il avait tendance à secourir plutôt qu'à accabler ceux qui se livraient aux excès de la chair. « Je partage, disait-il drôlement, l'hérésie de Caïn[1], je laisse mon frère aller au diable si cela lui chante ! » Avec un pareil état d'esprit, il lui arrivait fréquemment d'être le dernier à déserter[2] les gens qui tournaient mal et le dernier à pouvoir exercer sur eux une influence salutaire[3]. Et il ne leur faisait jamais sentir, par une différence d'attitude, la gêne qu'ils lui causaient, tant du moins qu'ils voulaient bien encore venir le voir ! M. Utterson n'avait pas grand mérite à agir ainsi ; peu démonstratif, il laissait ses amitiés se nouer et se dénouer au gré des circonstances, et selon les affinités[4] du moment. N'est-ce point une preuve de modestie que d'accepter son cercle de relations des mains capricieuses du hasard ? Tel était le cas de l'avoué ! Il choisissait ses amis parmi les membres de sa famille ou parmi les gens qu'il connaissait de longue date : ses affections[5], pareilles au lierre[6], se consolidaient avec les années et n'impliquaient aucune qualité particulière chez ceux qui en bénéficiaient. De là, sans doute, le lien qui l'unissait à l'un de ses cousins éloignés, M. Richard Enfield, homme bien connu dans la société londonienne. La plupart des gens se demandaient ce que ces deux êtres pouvaient bien trouver l'un dans l'autre, et quels intérêts ils possédaient en commun. Ceux qui les apercevaient au cours de leur promenade du dimanche prétendaient qu'ils ne se disaient pas un mot, qu'ils paraissaient s'ennuyer à mourir et que la venue d'un tiers[7] les soulageait visiblement. Néanmoins, tous

---

1. **Hérésie de Caïn** : secte légendaire du IIe siècle apr. J.-C., dont les membres auraient tenu en haute estime le personnage biblique de Caïn, connu pour avoir tué son frère Abel.
2. **Déserter** : abandonner.
3. **Salutaire** : capable de sauver.
4. **Affinités** : points communs.
5. **Affections** : liens d'amitié.
6. **Lierre** : plante grimpante.
7. **Tiers** : troisième personne.

deux attachaient beaucoup de prix à ces excursions dominicales[1], les regardaient comme le plus précieux moment de leur semaine, et, pour le savourer tout à leur aise[2], sacrifiaient non seulement une partie de plaisir, mais encore l'occasion de traiter une affaire.

Au cours d'une de ces expéditions, il leur arriva de passer par une petite rue située dans un quartier commerçant de Londres. Malgré son aspect paisible, cette artère[3] minuscule connaissait, les jours de semaine, une animation considérable. Des gens aisés, à ce qu'il semblait, l'habitaient et tous désiraient (ce qui était normal) s'enrichir encore plus, dépensant en travaux d'embellissement l'excédent[4] de leurs recettes. C'est pourquoi les vitrines des magasins qui bordaient ce passage avaient un aspect attrayant et faisaient penser à d'accortes[5] vendeuses présentant leur marchandise avec le sourire. Même le dimanche, lorsque ses appâts[6] les plus florissants étaient voilés, que la circulation était presque nulle, cette rue se détachait avec éclat sur son terne voisinage, un peu à la façon d'un coin de forêt où l'on a allumé un feu. Ses persiennes[7], fraîchement repeintes, ses cuivres[8] bien polis, lui donnaient un air propre et gai : elle attirait le passant, charmait sa vue. À deux portes du coin, à main gauche en allant vers l'est, l'alignement était rompu par une entrée de cour ; c'est là qu'une bâtisse trapue[9], d'aspect sinistre, avançait son pignon sur la rue. Privée de fenêtres, elle ne possédait, malgré ses deux étages, qu'une porte au rez-de-chaussée, dominée par le fronton[10] nu d'un mur décrépit. Tout cela portait la marque d'une longue et sordide

---

1. **Dominicales** : du dimanche.
2. **À leur aise** : confortablement, agréablement.
3. **Artère** : rue importante et fréquentée.
4. **Excédent** : surplus, reste.
5. **Accortes** : qui attirent par un aspect agréable.
6. **Appâts** : éléments destinés à attirer.
7. **Persiennes** : volets composés de lamelles séparées.
8. **Cuivres** : ici, enseignes.
9. **Trapue** : basse mais imposante.
10. **Fronton** : partie supérieure d'une façade.

négligence. La peinture de la porte sans sonnette ni marteau[1] s'écaillait, perdait son vernis. Les clochards s'installaient dans le renfoncement et utilisaient les panneaux pour y frotter leurs allumettes ; les enfants tenaient boutique sur les marches et les écoliers essayaient leurs canifs sur les moulures[2]. Pendant près d'une génération, personne n'avait songé à chasser ces intrus, ni à réparer leurs dégâts.

M. Enfield et l'avoué se trouvaient sur l'autre trottoir ; or, comme ils parvenaient en face de l'entrée, M. Enfield la montra du bout de sa canne et demanda à son compagnon :

– Avez-vous déjà vu cette porte ?

Et, lorsque celui-ci lui eut répondu par l'affirmative, il ajouta :

– Elle reste associée dans mon souvenir à une bien étrange histoire.

– Vraiment ? répondit M. Utterson avec un léger changement dans la voix. Et quelle histoire ?

– Eh bien, voici. J'étais allé dîner au diable Vauvert[2] et rentrais chez moi passablement tard. C'était par une sombre nuit hivernale et il pouvait bien être trois heures du matin. Mon chemin passait à travers des quartiers où il n'y avait à proprement parler que des réverbères. Les rues succédaient aux rues (tout le monde était au lit) ; les rues s'embranchaient[3] les unes sur les autres, aussi vides que des nefs[4] d'église et éclairées *a giorno*[5] comme pour une procession. C'en devenait hallucinant. J'étais dans cet état d'esprit où l'on sursaute au moindre bruit et où l'on se prend à désirer la présence d'un agent de police. Soudain, j'aperçus deux silhouettes ; la première était celle d'un homme de petite taille qui marchait d'un bon pas en direction de l'est ;

1. **Marteau** : heurtoir accroché à une porte et servant à s'annoncer.
2. **Moulures** : décorations architecturales.
2. **Au diable Vauvert** : dans un lieu lointain.
3. **S'embranchaient** : se rejoignaient.
4. **Nefs** : allées centrales des églises.
5. ***A giorno*** : éclairée comme en plein jour.

la seconde, celle d'une gamine qui pouvait avoir huit ou dix ans et qui descendait à toute allure une artère transversale. Naturellement, ils entrèrent en collision au coin de la rue, mais – et c'est alors que la comédie devient du drame – l'homme, avec un sang-froid diabolique, se mit délibérément à piétiner la fillette étendue sur le sol et la laissa hurlante de douleur. À l'entendre raconter, le fait n'a l'air de rien mais je vous assure que le spectacle était effroyable. Cet homme n'avait plus rien d'un homme, mais ressemblait plutôt à quelque infernal char de Jaggernaut[1]. J'appelai au secours, accourus à toutes jambes, puis colletai[2] le triste sire, que je ramenai au coin de la rue, où déjà la gamine avait, par ses cris, ameuté tout un groupe. Il avait l'air parfaitement calme et n'offrait aucune résistance, mais le regard satanique qu'il me jeta m'inonda d'une sueur froide. Les parents de l'enfant étaient accourus ; bientôt le docteur qu'on était allé chercher apparut également. Oh ! bien, la pauvre petite avait eu plus de peur que de mal ! C'était du moins l'avis du Diafoirus[3].

« Peut-être supposez-vous que mon récit se termine là. Que non pas ! Une autre circonstance passablement étrange vient encore s'y ajouter. Du premier coup d'œil, j'avais éprouvé pour mon captif un véritable sentiment de haine, sentiment que je partageais – et c'est une chose bien naturelle – avec la famille de la victime. Mais l'attitude du docteur m'étonna. C'était le type classique du médecin ; ni son apparence ni son âge ne le distinguaient ; il parlait avec un accent d'Édimbourg[4] très prononcé et semblait à peu près aussi impressionnable qu'une

---

1. **Char de Jaggernaut** : force destructrice que rien ne peut arrêter (l'expression fait référence au char des processions religieuses indiennes en faveur du dieu Krishna, dont on disait qu'il pouvait écraser ceux qui se présentaient sur sa route).
2. **Colletai** : saisis par le col.
3. **Diafoirus** : désigne le médecin. Le nom est tiré d'une comédie de Molière (*Le Malade imaginaire*).
4. **Édimbourg** : capitale de l'Écosse.

cornemuse[1]. Eh bien, monsieur, il n'était pas différent de nous ! Toutes les fois qu'il jetait les yeux sur mon prisonnier, je le voyais pâlir et je devinais qu'il mourait d'envie de le tuer. Je savais ce qui se passait en lui, comme il savait ce qui se passait en moi. Il n'était évidemment pas question d'appliquer la loi de Lynch[2]. Nous fîmes ce qui s'imposait. Nous informâmes l'individu que nous pourrions soulever et soulèverions certainement un tel tollé[3] d'indignation autour de cet événement que son nom serait honni[4] par toute la ville de Londres. Nous ne ménagerions aucun effort pour détruire sa réputation et lui aliéner[5] ses amis. Et tout en lui disant, sans ménagement, ses quatre vérités, nous avions fort à faire pour le protéger des femmes déchaînées contre lui comme autant de furies[6]. J'ai rarement vu collection de visages exprimer une telle haine ! Et l'homme restait planté là, au milieu de ce cercle de forcenés[7], souverainement calme, sinistre et railleur[8], pas très rassuré évidemment, mais tenant le coup comme Satan en personne.

« – Si vous voulez faire tant d'histoires autour de cet accident, dit-il enfin, je ne peux pas vous en empêcher, c'est évident ; mais il n'est pas d'homme qui ne désire s'épargner un scandale ! Fixez-moi un prix !

« Nous exigeâmes cent livres sterling[9] payables à la famille de la fillette. Visiblement, il aurait bien voulu nous brûler la politesse[10], mais il y avait en nous tous un petit quelque chose qui ne lui disait rien de bon et qui le contraignit à céder en fin de

1. **Cornemuse** : instrument de musique à vent traditionnellement associé à la culture écossaise.
2. **Loi de Lynch** : procédé de justice expéditive établi par Charles Lynch (1736-1796).
3. **Tollé** : cri de protestation.
4. **Honni** : considéré comme méprisable et indigne.
5. **Lui aliéner** : le séparer de.
6. **Furies** : divinités mythologiques de la vengeance.
7. **Forcenés** : individus emportés par la fureur.
8. **Railleur** : moqueur.
9. **Livre sterling** : monnaie anglaise.
10. **Brûler la politesse** : s'en aller brusquement, prendre la fuite.

compte. Restait encore à obtenir l'argent! Où pensez-vous qu'il nous emmena? Ici même, devant cette porte.

« Il sortit une clef de sa poche, entra et revint quelques instants plus tard muni de dix livres[1] en or et d'un chèque de quatre-vingt-dix livres sur la banque Coutts[2], payable au porteur et signé… Non, je ne dois pas vous le dire, bien qu'en cette signature réside le point capital de l'histoire, mais c'est là un nom fort connu, un nom que vous avez souvent pu voir imprimé. Quoique le chiffre fût d'importance, ce paraphe[3] aurait pu répondre d'un chiffre plus élevé encore, à condition toutefois d'être authentique. Je me permis de faire remarquer au triste sire que toute cette affaire me paraissait louche, qu'en temps normal un homme ne pénètre pas à quatre heures du matin par une porte dérobée[4], pour en ressortir avec un chèque de près de cent livres, porteur d'une autre signature que la sienne.

« – Calmez-vous, répondit-il, je ne vous quitterai pas avant l'ouverture de la banque et c'est moi, en personne, qui toucherai le chèque.

« Alors, nous partîmes tous les quatre, le médecin, le père de la fillette, notre homme et moi, et ce fut dans mon appartement que s'écoula le reste de la nuit. Nous y prîmes notre déjeuner, après quoi nous nous rendîmes tous ensemble à la banque. Je présentai le chèque moi-même, m'empressant de dire qu'il me paraissait suspect. Eh bien, non! il était parfaitement en règle.

– Parbleu[5]! dit M. Utterson.

– Je vois que vous partagez mon sentiment, reprit M. Enfield. Oui, l'histoire est franchement déplorable. Mon bonhomme était un de ces personnages avec lequel nul ne voudrait se commettre, un être diabolique, et le signataire du chèque représente tout ce

1. **Livres**: ici, dix livres sterling.
2. **Coutts**: célèbre banque londonienne.
3. **Paraphe**: signature laissée à la fin d'un document.
4. **Dérobée**: cachée.
5. **Parbleu**: juron.

qu'il y a de mieux dans la société, une sommité et, qui plus est, un philanthrope[1]. Simple histoire de chantage, probablement, quelque péché de jeunesse dont on lui présente la facture… sur le tard ! C'est pourquoi j'ai baptisé la maison où s'ouvre cette fameuse porte : « la maison de l'homme qui chante » bien qu'à la vérité il ne doive pas avoir le cœur gai tous les jours ! Pourtant, ajouta-t-il, ceci n'explique pas tout.

Après avoir prononcé ces dernières paroles, il sombra dans une profonde rêverie. M. Utterson l'en tira en lui demandant soudain :

– Savez-vous si c'est ici que demeure le signataire du chèque ?

– Cela m'étonnerait, répondit M. Enfield. D'ailleurs j'ai inscrit son adresse ; il habite dans un square, mais pour vous dire lequel…

– Et vous ne vous êtes jamais demandé à qui pouvait bien appartenir cette maison, avec cette porte ?

– Certainement non ! Je ne suis pas un mufle[2], je n'aime pas à interroger. Cela sent trop son Apocalypse et son Jugement dernier[3]. Vous soulevez une question et c'est comme si vous ébranliez une pierre. Vous êtes tranquillement assis au sommet d'une colline, mais votre pierre roule et en entraîne d'autres. Bientôt, quelque brave bourgeois (le dernier auquel vous auriez pensé) reçoit le caillou sur le crâne, dans son propre jardin, et voilà une famille en deuil[4] ! Non, mon cher ami, je me suis fait une règle de conduite de ne pas chercher à approfondir les histoires mystérieuses.

– Voilà qui est sage, acquiesça l'avoué.

– Cela ne m'a pas empêché de reconnaître les lieux, poursuivit M. Enfield. Cette maison semble à peine habitable. Elle ne possède pas d'autre porte et personne n'entre ou ne sort par là, sauf une fois, de loin en loin, l'individu de mon histoire. Si vous pénétrez

1. **Philanthrope** : personne de bien.
2. **Mufle** : être grossier.
3. **Apocalypse** : fin du monde. Selon la religion chrétienne, jour où Dieu évalue les actes des mortels pour les récompenser ou les maudire, lors du Jugement dernier.
4. **En deuil** : touchée par la mort.

dans la cour adjacente[1], vous pourrez constater la présence de trois fenêtres au premier étage ; aucune en dessous ! Ces fenêtres sont toujours closes mais leurs carreaux sont propres. Et puis il y a aussi une cheminée que l'on voit généralement fumer. Sans doute, quelqu'un doit vivre dans cette demeure. Et encore, ce n'est pas sûr, car les bâtiments qui entourent la cour sont si bien serrés les uns contre les autres qu'il est difficile de dire où l'un finit et où l'autre commence.

Les deux amis continuèrent à marcher. Ils firent quelques pas dans le plus complet silence, puis Utterson parla :

– Enfield, dit-il, je crois que vous êtes sage.

– J'en suis persuadé, Utterson.

– Mais, malgré tout, je voudrais vous demander quelque chose. Pouvez-vous me donner le nom de cet homme qui piétina l'enfant ?

– Certainement, car je ne vois pas de mal à vous le dire. Il m'a déclaré s'appeler Hyde.

– Hyde ? Quelle sorte d'homme est-ce là ?

– Il n'est pas facile à décrire. Il y a quelque chose de bizarre dans son apparence, quelque chose de déplaisant, d'odieux ; je n'ai jamais vu de créature qui me déplût autant et pourtant je ne saurais dire pourquoi. Il doit être atteint de quelque monstruosité. On a, en le voyant, l'impression d'un être anormal, bien qu'il soit fort difficile de préciser. C'est un individu extraordinaire et, cependant, il ne présente rien de réellement insolite[2]. Non, mon ami, je ne puis arriver à le décrire et ce n'est pas par manque de mémoire, car je n'ai qu'à fermer les yeux pour le voir apparaître devant moi.

M. Utterson fit encore quelques pas en silence, visiblement absorbé par de pesantes réflexions.

– Vous êtes bien sûr qu'il s'est servi d'une clef ? demanda-t-il enfin.

---

1. **Adjacente** : située à côté.
2. **Insolite** : qui provoque l'étonnement, qui attire l'attention.

– Mais, mon cher ami..., commença Enfield au comble de la surprise.

– Oui, je sais, répondit Utterson, cela doit vous sembler étrange. Le fait est que si je ne vous demande pas le nom du signataire[1] du chèque, c'est que je le connais déjà. Voyez, Richard, votre histoire a porté[2]. Elle présente pour moi un grand intérêt et si vous avez été inexact sur un point, vous feriez bien de rectifier.

Une expression de mauvaise humeur se peignit sur les traits d'Enfield.

– Vous auriez pu m'avertir de cela, répliqua-t-il, mais je suis sûr de mon fait et mes indications sont rigoureusement exactes. L'individu avait une clef et, qui plus est, elle est encore en sa possession. Je l'ai vu l'utiliser pas plus tard que la semaine dernière.

M. Utterson eut un profond soupir, mais il n'ajouta pas un mot et son compagnon poursuivit :

– Encore une fois, j'ai perdu l'occasion de me taire. J'ai honte d'avoir la langue si longue. Écoutez-moi ! Promettons-nous de ne plus jamais reparler de tout ceci.

– Bien volontiers, acquiesça[3] l'avoué ; serrons-nous la main, Richard !

1. **Signataire** : celui qui signe.
2. **A porté** : ici, a atteint son but.
3. **Acquiesça** : approuva.

Chapitre 2

À la recherche de M. Hyde

Ce soir-là, M. Utterson réintégra son logis[1] de célibataire de fort méchante humeur et se mit à table sans le moindre entrain[2]. Il avait coutume, après son dîner du dimanche, de s'installer au coin du feu avec, sur sa table, un livre de théologie[3] très sérieux qu'il étudiait jusqu'au moment où le clocher voisin sonnait les douze coups de minuit. Alors, il se couchait l'âme tranquille et satisfaite.

Cette nuit-là, cependant, aussitôt que la table fut desservie[4], il prit une bougie et entra dans son cabinet[5]. Il ouvrit son coffre-fort, en sortit de la case la plus secrète un document dont l'enveloppe portait cette suscription[6]: *Testament du Dr Jekyll*, et, le front soucieux, s'assit pour en examiner le contenu. Le testament était olographe[7], car M. Utterson, quoiqu'il en assumât la garde à présent qu'il était fait, avait refusé de prêter la moindre assistance à sa rédaction.

Le document stipulait[8] non seulement qu'en cas de décès du Dr Jekyll, agrégé de médecine, docteur en droit, membre de

---

1. **Logis**: habitation.
2. **Entrain**: bonne humeur.
3. **Théologie**: étude des faits religieux.
4. **Desservie**: débarrassée.
5. **Cabinet**: petite pièce, bureau.
6. **Suscription**: information écrite sur une enveloppe fermée.
7. **Olographe**: écrit de la main d'une seule et même personne.
8. **Stipulait**: exigeait.

l'Institut, tous les biens du *de cujus*[1] passeraient aux mains de *son ami et bienfaiteur Edward Hyde*, mais encore qu'en cas de disparition dudit[2] Dr Jekyll ou *d'une absence inexplicable excédant le délai de trois mois*, le susnommé[3] Edward Hyde hériterait du Dr Jekyll sans autre formalité, hormis le paiement de quelques petites sommes à la domesticité[4] du docteur. Ce testament était depuis longtemps la bête noire[5] de l'avoué. Il choquait en lui le légiste[6] aussi bien que l'homme et constituait une sorte d'outrage[7] aux traditions bourgeoises. Jusqu'à présent, c'était d'ignorer M. Hyde qui avait soulevé son indignation ; maintenant, par un soudain retour des choses, c'était de le connaître. L'affaire était déjà irritante[8] lorsque le nom était tout ce qu'il pouvait savoir ; mais à présent qu'il associait l'homme à des événements odieux, c'était encore bien pire ! Hors des brumes mouvantes, immatérielles, qui avaient si longtemps trompé ses regards, jaillissait, soudaine et définitive, l'image d'un démon.

« Je pensais que c'était de la folie, se dit-il en replaçant le détestable dossier dans le coffre-fort, mais maintenant je commence à craindre qu'il n'y ait là-dessous une bien vilaine affaire. »

Il souffla sa bougie, endossa son pardessus et partit en direction de Cavendish Square[9], cette Acropole[10] de la médecine où son ami, l'illustre Dr Lanyon, avait son hôtel particulier et recevait de nombreux clients.

« Si quelqu'un est au courant, pensait-il, ce sera sûrement Lanyon. »

---

1. ***De cujus*** : terme juridique qui désigne la personne dont on évalue la succession.
2. **Dudit** : dont on parle.
3. **Susnommé** : celui qui vient d'être évoqué.
4. **Domesticité** : ensemble des domestiques d'une demeure.
5. **Bête noire** : chose ou personne que l'on redoute le plus.
6. **Légiste** : spécialiste des lois.
7. **Outrage** : manque de respect.
8. **Irritante** : agaçante.
9. **Cavendish Square** : célèbre place londonienne qui abrite la Royal Society of Medicine (école de médecine).
10. **Acropole** : haute partie d'une ville antique qui accueillait un temple.

Le majestueux maître d'hôtel connaissait l'avoué et il le reçut avec empressement. Sans le faire attendre, il l'introduisit dans la salle à manger où le Dr Lanyon, seul à table, terminait son repas.

Le praticien était un homme cordial[1], robuste, ingambe[2], au visage coloré et aux cheveux prématurément[3] blancs. Il avait des manières bruyantes et décidées. À la vue de M. Utterson, il se leva de sa chaise et s'avança, les deux mains tendues. La cordialité du médecin pouvait paraître un tantinet[4] histrionique[5], mais elle reposait sur un sentiment sincère. Utterson et lui s'estimaient depuis longtemps ; ils avaient été camarades d'école et de faculté, mais chacun d'eux avait le plus complet respect pour sa propre dignité comme pour celle de l'autre et, chose assez rare en pareil cas, les deux hommes aimaient à être ensemble.

Après quelques instants de conversation décousue[6], l'avoué aborda le sujet qui le préoccupait si fâcheusement.

– Je crois, Lanyon, dit-il, que nous sommes tous deux les plus anciens amis de Henry Jekyll.

– Cela ne nous rajeunit guère, répondit le docteur avec un petit rire. Mais je pense que ce que vous dites est vrai. Où voulez-vous en venir ? Vous savez que je le vois très peu maintenant.

– Vraiment ! Je pensais que vous travailliez en collaboration.

– Nous l'avons fait mais, depuis environ dix ans, Henry Jekyll est devenu trop fantasque[7] pour moi ; il s'est mis à divaguer[8], à divaguer grandement. Bien sûr, je continue à m'intéresser à lui, en raison de nos souvenirs communs, mais je ne le vois que de

1. **Cordial** : poli, agréable.
2. **Ingambe** : alerte, d'une grande vivacité.
3. **Prématurément** : de manière précoce.
4. **Un tantinet** : légèrement.
5. **Histrionique** : excessive, exagérée.
6. **Décousue** : sans but précis.
7. **Fantasque** : imprévisible, qui ne suit pas les règles attendues.
8. **Divaguer** : dire des absurdités.

loin en loin. Les hérésies[1] scientifiques qu'il professe auraient suffi à brouiller Oreste et Pylade[2].

Les traits du docteur s'étaient empourprés[3], mais ce petit accès d'humeur soulageait M. Utterson. Il pensa: « Querelle de spécialistes. Ils ne sont pas d'accord sur quelque théorie scientifique. »

N'étant point lui-même un fanatique[4] du savoir, sauf lorsqu'il s'agissait d'un point de procédure[5], l'avoué n'y voyait pas malice. Aussi ajouta-t-il:

– Si ce n'est pas plus grave que cela…

Après avoir donné à son ami quelques secondes pour recouvrer son sang-froid, il lui posa, de but en blanc, la question qui faisait l'objet de sa visite:

– N'avez-vous jamais rencontré un des protégés du Dr Jekyll, un certain M. Hyde?

– Hyde? Hyde? Non, je n'ai jamais entendu parler de cet homme.

L'avoué avait fait chou blanc[6]: il ne tirerait rien de là.

Il rentra se coucher, mais passa toute la nuit à s'agiter dans son grand lit de chêne sombre. Le matin vint enfin, mais, malgré la lassitude[7] de son esprit, les multiples questions qu'il s'était posées, le légiste[8] n'en était pas plus avancé. Six heures sonnèrent à l'horloge de l'église qui se trouvait si commodément placée près de la demeure de M. Utterson. Le malheureux tournait et retournait toujours son problème. Jusqu'ici, il l'avait seulement envisagé du point de vue de l'entendement[9], mais, maintenant, sa sensibilité aussi était entrée en jeu, de même que son imagination,

1. **Hérésies**: visions qui vont à l'encontre des doctrines officielles.
2. **Oreste et Pylade**: célèbres amis de l'Antiquité.
3. **S'étaient empourprés**: avaient rougi.
4. **Fanatique**: celui qui se passionne pour une idée et cherche à en convaincre les autres à tout prix.
5. **Procédure**: ensemble des règles en justice.
6. **Avait fait chou blanc**: n'avait pas obtenu de résultat.
7. **Lassitude**: grande fatigue.
8. **Légiste**: spécialiste des lois.
9. **Entendement**: raison.

et tandis que la pénombre[1] du matin se frayait un passage à travers les épais rideaux de la fenêtre, le récit de M. Enfield se déroula dans son esprit à la façon d'un kaléidoscope[2].

Il apercevait d'innombrables réverbères dans des rues enténébrées[2]; et puis c'était un homme marchant d'un pas rapide; une fillette revenant en courant de la maison du docteur; la collision des deux personnages, et puis le Jaggernaut humain, piétinant furieusement le corps de l'enfant et continuant sa route sans s'occuper de ses cris. Une autre scène succédait à celle-ci. Il voyait une chambre dans une riche maison où son ami, le Dr Jekyll, dormait en faisant de beaux rêves. Soudain, la porte de la chambre s'ouvrait, les rideaux du lit étaient tirés par une main rude, le dormeur s'éveillait et voilà que, près de lui, se dressait un être doué d'un pouvoir démoniaque qui, même à cette heure indue[4], l'obligeait à se lever et à exécuter ses ordres.

Le personnage fantomatique, héros de ces deux scènes, continua à hanter le malheureux avoué. Si par hasard il venait à s'assoupir, c'était seulement pour le voir se glisser furtivement entre les maisons endormies ou se mouvoir de plus en plus vite, jusqu'à lui en donner le vertige, à travers des labyrinthes de réverbères s'étendant à l'infini, des angles de rues multipliés où, à chaque coup, l'être diabolique broyait une petite fille et la laissait hurlante sur le pavé. La vision n'avait pas de visage ou, si elle en avait un, à un moment quelconque du rêve, ce visage se dissipait instantanément en vapeurs.

Dès lors germa et crût[5] très rapidement, dans l'esprit de M. Utterson, une curiosité incoercible[6] et presque morbide[7]

1. **Pénombre**: demi-obscurité.
2. **Kaléidoscope**: instrument d'optique qui, par un jeu de miroirs, fragmente et multiplie la vision des objets.
2. **Enténébrées**: plongées dans l'obscurité.
4. **Indue**: anormale.
5. **Crût**: se développa.
6. **Incoercible**: qui ne peut être réduite.
7. **Morbide**: malsaine.

de contempler les traits du véritable M. Hyde. S'il pouvait, une bonne fois, poser son regard sur lui, il était sûr que le mystère s'éclaircirait et se dissiperait aussitôt comme c'est généralement la règle, toutes les fois que vous analysez méthodiquement un mystère.

Ainsi pourrait-il trouver une raison à l'étrange préférence de son ami ou, s'il vous plaît de l'appeler ainsi, à l'esclavage dans lequel il était tombé ; ainsi comprendrait-il les clauses[1] paradoxales[2] de ce testament. Au demeurant, ce serait un visage digne d'être vu : celui d'un homme sans entrailles, sans pitié, devant lequel chacun, même le flegmatique[3] Richard Enfield, était capable de concevoir une haine inexpiable[4] !

Dorénavant, M. Utterson prit l'habitude de passer aussi souvent que possible dans la petite rue aux boutiques. Le matin, avant l'ouverture des bureaux, à midi, au moment où l'animation battait son plein et où le temps n'avait plus de prix, le soir, sous la face embrumée de la lune éclairant la cité, sous toutes les lumières et à toutes les heures de solitude ou d'affluence, on trouvait l'avoué à l'affût[5].

« Je l'aurai bien un jour, pensait-il, et alors, alors… »

Finalement, sa patience fut récompensée. C'était par une belle nuit d'hiver. Il gelait ; les trottoirs étaient secs et aussi propres qu'une piste de danse ; les lampes, qu'aucun souffle de vent n'agitait, traçaient un dessin régulier d'ombre et de lumière.

Dès les dix heures, toutes les boutiques étant désormais fermées, la petite rue retombait dans la solitude et, malgré la rumeur sourde de la circulation des grandes artères, il y régnait un extraordinaire silence. Les moindres sons portaient ; on entendait clairement, de chaque côté de la chaussée, les divers bruits

---

1. **Clauses** : articles qui composent un document officiel.
2. **Paradoxales** : contradictoires.
3. **Flegmatique** : d'une attitude détachée, que rien ne semble affecter.
4. **Inexpiable** : qui ne peut être réparée.
5. **À l'affût** : prêt à agir.

faits par les locataires des maisons adjacentes et les pas de tout promeneur résonnaient longtemps à l'avance.

M. Utterson était depuis quelques minutes à son poste, quand il surprit un pas singulièrement léger qui s'approchait rapidement de lui. Au cours de ses patrouilles nocturnes, il avait appris à discerner comment, sur le fond sonore de la circulation des trams et des voitures, se détache en clair un bruit de pas arrivant au loin. Pourtant, son attention n'avait jamais été, jusqu'alors, attirée d'une façon si vive et si définie. Ce fut donc avec l'impression qu'il n'avait, ce soir, pas attendu en vain, que l'avoué se plaça en retrait dans l'entrée de la cour.

Les pas se rapprochèrent bien vite et sonnèrent soudain plus fort au moment où le quidam[1] tournait l'angle de la rue. Le légiste, regardant l'entrée, put bientôt voir à quelle sorte d'homme il aurait affaire. Il était petit, très simplement vêtu, et son aspect, même à cette distance, donnait au guetteur une impression très désagréable. Il s'en fut tout droit à la porte, traversant la chaussée pour gagner du temps et, tout en marchant, il sortait une clef de sa poche, exactement comme un bon bourgeois qui rentre chez lui.

M. Utterson s'avança et lui toucha l'épaule.

– Monsieur Hyde, n'est-ce pas ?

L'homme recula d'un pas et son haleine se fit sifflante. Mais sa crainte ne dura qu'un instant et, quoiqu'il évitât de regarder l'avoué en face, il répondit avec assez de calme :

– Lui-même ! Que me voulez-vous ?

– Je vois que vous allez rentrer, répondit l'avoué. Je suis un vieil ami du Dr Jekyll. Vous avez certainement déjà entendu parler de moi : M. Utterson, de Gaunt Street[2] ? Vous ne vous rappelez pas ? Vous rencontrant si à propos[3], j'ai pensé que vous pourriez me conduire chez le docteur.

1. **Quidam** : individu.
2. **Gaunt Street** : adresse londonienne.
3. **À propos** : au bon moment.

M. Hyde baissa la tête et souffla dans sa clef:

– C'est que… c'est que le Dr Jekyll est parti en voyage. Vous ne le trouverez pas aujourd'hui.

Et puis, soudainement, mais toujours sans regarder son interlocuteur[1]:

– Comment m'avez-vous reconnu? demanda-t-il.

– Je vous le dirai plus tard, mais, en attendant, voulez-vous me faire une faveur?

– Laquelle?

– Me laisser voir votre figure!

M. Hyde parut hésiter et puis, se décidant brusquement, dévisagea M. Utterson avec un air de défi. Les deux hommes s'affrontèrent des yeux pendant quelques secondes.

– Maintenant, je vous reconnaîtrai, dit l'avoué. Cela peut être utile.

– Oui, rétorqua M. Hyde, cela peut être utile et il vaut mieux que nous nous soyons rencontrés. À propos, laissez-moi vous donner mon adresse.

Et il lui donna le numéro d'une rue dans le quartier de Soho[2].

« Seigneur Dieu! se dit M. Utterson, aurait-il, lui aussi, pensé au testament? »

Cependant, il garda ses réflexions pour lui-même et signifia par un simple grognement qu'il avait noté l'adresse.

– Et maintenant, dit l'autre, comment m'avez-vous reconnu?

– Par signalement.

– Qui vous a donné ce signalement?

– Un ami commun.

– Un ami commun? Lequel?

– Le Dr Jekyll.

La face de M. Hyde s'empourpra de colère.

---

1. **Interlocuteur**: personne à qui l'on s'adresse.
2. **Soho**: quartier de Londres.

– Vous êtes un fameux menteur ! Jamais Jekyll ne vous a parlé de moi. Et moi qui vous prenais pour un honnête homme !

– Allons, fit M. Utterson d'un ton conciliant, ne nous insultons pas. Cela n'a pas de sens.

L'autre eut un grondement qui dégénéra[1] en un rire sauvage. Un instant plus tard, avec une agilité extraordinaire, il avait ouvert la porte et disparu dans la maison.

Après le départ de M. Hyde, l'avoué resta quelque temps immobile. Il était très inquiet. Ensuite, il se mit à remonter lentement la rue, s'arrêtant tous les deux mètres et portant la main à son front comme un homme dans l'embarras. Le problème qu'il examinait, tout en marchant, n'était pas un de ceux qui se laissent aisément résoudre. M. Hyde était blême[2] et rabougri[3] ; il donnait une impression de monstruosité sans malformation apparente ; il avait un sourire déplaisant, s'était comporté en face de l'avoué avec un mélange intolérable de timidité et de hardiesse[4] et il parlait d'une voix indistincte, basse et quelque peu cassée. Toutes les apparences étaient contre lui, mais rien de tout cela ne pouvait rendre compte de cette impression insolite[5] de dégoût, d'aversion et de crainte qu'il inspirait à M. Utterson.

« Il doit y avoir encore autre chose, se disait l'avoué, perplexe[6]. Je suis sûr qu'il y a autre chose, encore que je ne sache pas comment la définir. Dieu me pardonne ! Cet être semble à peine humain. On dirait un homme des cavernes, une sorte de pithécanthrope[7] ! À moins qu'il s'agisse là simplement d'un corps normal habité par une âme satanique et dont le rayonnement… Oui, je crois que c'est cela ! Oh, mon pauvre vieux Henry Jekyll, s'il m'est

1. **Dégénéra** : se transforma.
2. **Blême** : d'une grande pâleur.
3. **Rabougri** : de petite taille.
4. **Hardiesse** : insolence, effronterie.
5. **Insolite** : surprenant.
6. **Perplexe** : plongé dans le doute.
7. **Pithécanthrope** : grand singe préhistorique aujourd'hui disparu.

jamais arrivé de lire la signature de Satan sur un visage, c'est bien sur celui de votre nouvel ami ! »

À l'angle de la petite rue, il y avait un square bordé de belles vieilles maisons, pour la plupart déchues[1] de leur haute condition, et dont on avait fait des immeubles de rapport habités par toutes sortes de gens : graveurs sur cuivre, architectes, hommes d'affaires véreux[2] et courtiers marrons[3]. Une maison, toutefois, la seconde après l'encoignure[4], était encore intacte. Ce bel hôtel particulier gardait, au milieu de la médiocrité environnante, un grand air de richesse et de confort, bien qu'il fût à présent plongé dans l'obscurité, à part la veilleuse qui brillait sous la marquise[5]. M. Utterson gagna la porte de l'immeuble et souleva le marteau. Un domestique âgé et bien mis[6] vint lui ouvrir.

– Bonsoir, Poole, dit l'avoué, le Dr Jekyll est-il chez lui ?

– Je vais voir, monsieur Utterson.

Poole, s'effaçant devant le visiteur, le fit entrer dans un vaste hall confortable, pavé de dalles, bas de plafond et chauffé à l'ancienne mode par un grand feu de bois, ronflant dans une cheminée monumentale. La pièce était meublée de vieux chêne. C'était là un ensemble précieux et de bon goût.

– Voulez-vous, dit le majordome, attendre près du feu, ou désirez-vous que je vous allume une lampe dans la salle à manger ?

– Je préfère rester ici, répondit l'avoué, qui alla s'appuyer contre le garde-feu[7].

Cette pièce, dans laquelle on l'avait laissé seul, était chère au Dr Jekyll et Utterson lui-même avait l'habitude d'en parler comme de la salle la plus agréable de Londres. Ce soir-là, pourtant, il n'y prêtait pas attention, car il avait le sang glacé.

1. **Déchues de** : ayant perdu.
2. **Véreux** : peu scrupuleux, corrompus.
3. **Marrons** : malhonnêtes.
4. **Encoignure** : coin où se rencontrent deux murs.
5. **Marquise** : auvent vitré couvrant l'entrée d'une porte.
6. **Bien mis** : bien habillé.
7. **Garde-feu** : dans une cheminée, grille placée devant le feu pour protéger des étincelles.

Le visage de Hyde lui avait laissé un pénible souvenir ; il se sentait (ce qui lui arrivait rarement) las et dégoûté de la vie et, dans la tristesse de son humeur, il croyait lire une menace dans les reflets fugaces[1] du feu courant sur les meubles polis et dans l'incessant tressaillement des ombres du plafond. Il eut honte de son soulagement quand Poole revint lui annoncer que le Dr Jekyll était sorti.

– Dites donc, Poole, demanda l'avoué, j'ai vu M. Hyde entrer par la vieille porte de l'amphithéâtre[2]. A-t-il l'autorisation de le faire en l'absence du Dr Jekyll ?

– Pour sûr, monsieur, répliqua le serviteur. Le docteur lui a donné une clef.

– Votre maître semble accorder une grande confiance à ce jeune homme !

– Oui, monsieur, une très grande confiance ; nous avons tous l'ordre de lui obéir.

– Je ne pense pas avoir jamais vu M. Hyde ici, n'est-ce pas, Poole ?

– Oh, non, monsieur. Il ne dîne jamais ici. À vrai dire, nous ne le voyons que rarement dans cette partie de la maison ; la plupart du temps, il entre et sort par le laboratoire.

– Bien le bonsoir, Poole.

– Bonsoir, monsieur Utterson.

L'avoué se mit en devoir de regagner son logis, le cœur très lourd.

« Pauvre Henry Jekyll, pensait-il, je crains bien qu'il ne soit dans une mauvaise passe ! Il a eu nombre d'aventures dans son jeune temps, pour sûr ! Tout cela est fort loin, mais il n'y a pas de prescription[3] pour la loi divine. Oui, ce doit être cela : un mort mal enterré qui revient à l'existence, le chancre[4] d'un péché ancien

1. **Fugaces** : de courte durée.
2. **Amphithéâtre** : salle de classe garnie de gradins.
3. **Prescription** : fin du délai durant lequel on pouvait punir une personne.
4. **Chancre** : ici, conséquence désastreuse.

qui reprend vie et suppure. Le châtiment arrive, *pede claudo*[1], des années après que la mémoire a oublié la faute et que l'amour de soi l'a pardonnée ! »

Effrayé par cette pensée, l'avoué se mit à méditer sur son propre passé, fouillant tous les recoins de sa mémoire de peur qu'un vieux péché ne s'y terrât, qui pût, à l'occasion, bondir hors de l'oubli comme un diablotin de sa boîte. Il n'avait pas grand-chose à se reprocher ; peu d'hommes auraient pu compulser[2] les rôles de leur vie avec moins d'appréhension[3] et, pourtant, il se sentait couvert de honte par les nombreux manquements qu'il avait commis et heureux d'avoir échappé à bien d'autres tentations qui l'avaient assailli naguère[4]. Revenant ensuite à son point de départ, il conçut une lueur d'espérance.

« Ce M. Hyde, pensa-t-il, doit avoir ses secrets à lui et, si l'on en croit sa figure, sa conscience ne peut qu'être lourdement chargée. Les turpitudes[5] qu'il a dû perpétrer[6] n'ont rien de comparable aux pires péchés du pauvre Jekyll. Les choses ne peuvent pas continuer ainsi. Cela me glace le cœur de penser à cet être qui se faufile comme un voleur jusqu'au chevet de Harry. Pauvre Harry ! Quel réveil ! Et puis quel danger aussi ! Supposons que ce Hyde arrive à connaître l'existence du testament. Dans son impatience d'hériter, il pourrait… Ah, non, il faut empêcher cela ! Mais qu'au moins Jekyll me laisse faire ! Qu'il me laisse faire ! »

Une fois de plus, avec la netteté d'une vision surnaturelle, il vit défiler, devant les yeux de son esprit, les clauses de l'étrange testament.

---

1. ***Pede claudo*** : en boitant.
2. **Compulser** : consulter rapidement.
3. **Appréhension** : crainte.
4. **Naguère** : autrefois.
5. **Turpitudes** : actions honteuses.
6. **Perpétrer** : commettre.

Chapitre 3

Le Dr Jekyll était parfaitement tranquille

Quinze jours plus tard, M. Utterson eut la bonne fortune[1] d'être convié[2] à l'un de ces fins soupers que le Dr Jekyll offrait régulièrement à cinq ou six de ses bons collègues, tous hommes avisés[3], bien réputés et amateurs de vin fin. M. Utterson s'arrangea pour rester après le départ des convives[4]. Ce n'était pas la première fois qu'il agissait ainsi ; car les deux hommes s'entendaient parfaitement et aimaient à bavarder ensemble. Rien de plus agréable, après le tohu-bohu[5] et les conversations générales, que la compagnie discrète d'un homme bon et taciturne[6], dont les silences affectueux vous reposent des commérages[7] et des plaisanteries. Nombre d'hôtes retenaient ainsi notre brave avoué et le Dr Jekyll ne faisait pas exception à la règle. En le voyant assis au coin de la cheminée, solide quinquagénaire[8] au visage calme et quelque peu malicieux, respirant l'intelligence et la bonté, vous auriez pu constater qu'il éprouvait pour M. Utterson une affection cordiale et sincère.

---

1. **Bonne fortune** : chance.
2. **Convié** : invité.
3. **Avisés** : intelligents.
4. **Convives** : invités.
5. **Tohu-bohu** : grand désordre.
6. **Taciturne** : qui parle peu.
7. **Commérages** : ragots.
8. **Quinquagénaire** : personne d'une cinquantaine d'années.

L'avoué prit la parole :

– Jekyll, je voudrais vous dire un mot. C'est à propos de votre testament.

Un observateur attentif aurait pu deviner que le sujet ne plaisait guère au médecin, mais celui-ci, surmontant son humeur, prit un ton enjoué pour répondre :

– Mon pauvre Utterson, je suis un client bien fâcheux ! Je n'ai jamais vu quelqu'un se forger autant de soucis que vous à l'endroit de ce malheureux testament. Vous me faites penser à Lanyon lorsqu'il me reproche mes hérésies scientifiques ! Oh, je sais bien. Lanyon est un excellent garçon – inutile de froncer le sourcil –, le meilleur des hommes, et je m'en veux toujours de ne pas le fréquenter davantage, mais néanmoins, c'est un pédant[1] renforcé, un ignorant et une vieille barbe. Scientifiquement parlant, jamais aucun homme ne m'a déçu davantage.

– Vous savez que je n'ai jamais approuvé cet olographe, reprit Utterson, revenant impitoyablement à ses moutons.

– Oui, oui, je le sais ! Vous me l'avez déjà dit.

– Eh bien, je vous le répète, car il m'est revenu quelque chose des errements de votre jeune Hyde.

Le beau visage du Dr Jekyll pâlit, ses lèvres se décolorèrent et une ombre passa sur ses yeux.

– Je ne désire pas en entendre plus, dit-il ; je pensais que nous ne reviendrions pas là-dessus.

– Mais ce que j'ai appris est abominable !

– Cela ne change rien. Vous ne comprenez pas, vous ne pouvez pas comprendre ma situation. Je suis dans une position critique[2], Utterson ; une position étrange, très étrange. Rien ne sert d'en parler, cela ne l'améliorerait pas.

---

1. **Pédant** : prétentieux.
2. **Critique** : ici, difficile.

– Mon cher Jekyll, vous me connaissez, n'est-ce pas ? Je suis un homme digne de confiance. Ouvrez-moi votre cœur ; dites-moi ce qui cloche et je ne doute point de vous sortir d'embarras.

– Mon brave Utterson, vous êtes très bon ! Votre dévouement vous honore et je ne saurais comment vous en remercier. Je vous crois sincèrement ; c'est à vous que je me fierais avant tout autre homme, avant moi-même si je pouvais choisir, mais n'allez pas vous faire de mauvaises idées. La chose n'est pas si grave et, pour vous mettre complètement à l'aise, je puis vous dire une chose : je suis en mesure de me débarrasser de ce M. Hyde aussitôt que je le voudrai. Je vous en donne ma parole et je vous remercie encore mille et mille fois de l'intérêt que vous me manifestez. Je n'ajouterai qu'un petit mot et j'espère que vous ne le prendrez pas en mauvaise part. Ceci est une affaire purement personnelle et je vous prie instamment[1] de ne pas vous en occuper.

Utterson prit un temps de réflexion et regarda fixement le feu.

– Je ne doute pas que vous n'ayez parfaitement raison, dit-il enfin en se levant de sa chaise.

– Eh bien, puisque nous avons abordé cette question, pour la dernière fois je l'espère, continua le docteur, il y a un point que je voudrais vous faire comprendre. Je porte un grand intérêt à ce pauvre Hyde. Je sais que vous l'avez vu ; il me l'a dit et je crains qu'il ne vous ait paru malhonnête ; mais, soyez-en persuadé, ce jeune homme m'intéresse vivement, très vivement, et si, par hasard, je venais à manquer, je voudrais, Utterson, que vous me promettiez d'être indulgent[2] pour lui et d'agir en sorte que ses droits soient respectés. Vous n'hésiteriez certainement pas si vous connaissiez tous les détails de la cause ! Quand même, cela me soulagerait grandement l'esprit si vous vouliez bien me promettre cela !

– Vous ne pouvez quand même pas m'obliger à avoir de l'amitié pour lui !

---

1. **Instamment** : de manière pressante.
2. **Indulgent** : qui pardonne facilement.

– Non, non, je ne vous le demande pas. Écoutez-moi bien, Utterson ! Je vous demande seulement la stricte justice et je vous conjure de lui prêter aide quand je ne serai plus, par simple amour pour moi.

Utterson soupira profondément.

– Je vous le promets, dit-il.

Chapitre 4

Un mort dans la rue

Près d'un an plus tard, au mois d'octobre 18…, Londres était bouleversé par un crime d'une férocité inouïe, crime d'autant plus sensationnel que la victime occupait une position en vue. Peu de détails, mais combien effrayants ! Une petite bonne, qui habitait seule dans une maison proche de la Tamise[1], était montée se coucher vers les onze heures. Bien qu'un brouillard eût envahi la ville à partir de minuit, le ciel avait été clair jusque-là et la ruelle, sur laquelle donnait la fenêtre de la domestique, était brillamment illuminée par la pleine lune.

La jeune fille, à ce qu'il paraît, était d'humeur romantique. Elle s'était assise sur sa malle, dans l'embrasure[2] de la fenêtre, et rêvait. « Jamais, déclara-t-elle lorsque, tout en larmes, elle vint raconter son aventure, jamais elle ne s'était sentie plus en paix avec l'humanité ou n'avait pensé au monde avec plus d'amour ! » Assise ainsi à sa fenêtre, elle aperçut un beau vieillard aux cheveux blancs qui s'avançait dans la ruelle. Un autre homme allait à sa rencontre, petit et insignifiant, et, tout d'abord, elle ne lui prêta pas attention. Quand ils furent à portée de voix l'un de l'autre (c'était juste sous la fenêtre de la jeune fille), le plus âgé des personnages s'inclina et aborda l'autre avec une exquise[3]

1. **Tamise** : fleuve qui traverse Londres.
2. **Embrasure** : ouverture.
3. **Exquise** : d'une grande délicatesse.

politesse. Le sujet de son discours ne semblait pas très important. Le vieillard, d'après ses gestes, devait seulement demander son chemin. Toutefois, la lune qui éclairait son visage le faisait paraître extrêmement sympathique. La jeune fille éprouvait du plaisir à le regarder, tant il respirait l'innocence et la bienveillance, une bienveillance désuète[1] et en même temps une certaine fierté; celle d'un homme en règle avec sa conscience.

L'instant d'après, la jeune fille jeta les yeux sur le second quidam et fut surprise de reconnaître en lui un certain M. Hyde à qui elle avait déjà ouvert la porte de son maître et dont le regard lui avait donné la chair de poule. Il se promenait en faisant des moulinets[2] avec une énorme canne. Quand le vieillard lui parla, il ne répondit pas un mot, mais parut agité d'une certaine nervosité. Et puis, soudainement, il éclata en un accès de colère, frappant du pied, brandissant sa canne et se comportant, de l'aveu de[3] la servante, comme un fou furieux. Le vieux monsieur recula d'un pas, l'air profondément surpris et quelque peu offensé. Sur ces entrefaites[4], M. Hyde entra dans une rage épouvantable et l'abattit d'un violent coup de canne. Atteint d'une fureur simiesque[5], il se mit alors à piétiner sa victime, faisant pleuvoir sur elle un orage de coups sous lesquels on entendit les os se disloquer et le corps rebondir sur la chaussée. Devant l'horreur d'un tel spectacle, la jeune fille s'évanouit.

Il était deux heures quand elle revint à elle et appela la police. Le meurtrier était depuis longtemps parti, mais sa victime gisait[6] en plein milieu de la ruelle, incroyablement mutilée. La canne, arme du crime, s'était cassée en deux sous la violence de cette cruauté inouïe. Une moitié était allée rouler dans le ruisseau,

1. **Désuète** : d'un autre âge.
2. **Moulinets** : mouvements circulaires.
3. **De l'aveu de** : selon le témoignage de.
4. **Sur ces entrefaites** : à ce moment de l'action.
5. **Simiesque** : propre au singe.
6. **Gisait** : restait étendue.

l'autre, sans doute, avait été emportée par l'assassin. On trouva sur la victime une bourse et une montre en or, mais aucune carte de visite, aucun papier, hormis une enveloppe cachetée et timbrée portant le nom et l'adresse d'un certain M. Utterson. Probablement, le vieillard allait-il la mettre à la poste lorsqu'on l'avait attaqué.

Elle fut apportée à l'avoué le lendemain matin, alors qu'il reposait encore. Dès qu'il l'eut vue et que les circonstances du crime lui furent contées, il fit une moue[1] solennelle[2].

– Je ne dirai rien tant que je n'aurai pas vu le corps, déclara-t-il. Cela peut être très sérieux. Ayez la bonté de m'attendre. Je vais m'habiller.

Là-dessus, avec la même gravité, il se hâta d'avaler son petit déjeuner et se rendit au commissariat où l'on avait porté le cadavre. Aussitôt entré dans la pièce, il s'inclina.

– Oui, dit-il, je reconnais la victime et j'ai le regret de vous dire que c'est sir Danvers Carew.

– Grand Dieu ! s'écria l'inspecteur de service. Est-ce donc possible ?

Le moment d'après, son œil brillait d'orgueil[3] professionnel.

– Eh bien, ajouta-t-il, voilà qui va faire du bruit. C'est ce qu'on appelle le beau crime. Mais peut-être pouvez-vous nous aider à retrouver l'assassin ?

Brièvement, il narra à l'avoué ce que la jeune fille avait vu et lui montra le tronçon[4] de canne.

À la mention du nom de Hyde, M. Utterson avait déjà frémi, mais quand il vit la canne devant lui, il ne lui fut plus possible de douter. En si piteux état qu'elle fût, il la reconnaissait sans difficulté pour l'avoir lui-même offerte à son ami Henry Jekyll plusieurs années auparavant.

– Ce M. Hyde est-il un homme de petite taille ? s'enquit-il.

---

1. **Moue** : grimace.
2. **Solennelle** : qui exprime le plus grand sérieux.
3. **Orgueil** : fierté.
4. **Tronçon** : partie coupée.

– Très inférieure à la moyenne, répondit le policier, et puis la servante nous a dit que l'homme avait une apparence particulièrement méchante.

M. Utterson réfléchit, puis il releva la tête.

– Si vous voulez venir avec moi dans ma voiture, dit-il, je crois pouvoir vous mener chez lui.

Il était environ neuf heures du matin et le premier brouillard de la saison assombrissait la ville. Un grand voile couleur chocolat couvrait le ciel, mais le vent le déchirait sans cesse et faisait de grands trous dans ces vapeurs menaçantes. Au fur et à mesure que le fiacre[1] passait de rue en rue, M. Utterson contemplait toute une gamme de crépuscules aux teintes variées. Ici, les ombres du soir semblaient prêtes à tomber ; là, le ciel s'illuminait d'un éclat fauve[2], pareil à la réverbération d'un étrange incendie ; plus loin, le brouillard se dissipait pour un temps et un trait égaré de clarté brillait entre des brumes tourbillonnantes. Le sinistre quartier de Soho, sous ces lueurs changeantes, donnait l'impression d'un coin de ville de cauchemar : rues boueuses, passants négligés, réverbères jamais éteints ou rallumés en ce triste matin pour combattre la lugubre invasion des ténèbres ! L'esprit de M. Utterson s'emplissait des plus sombres pensées et quand il regardait son compagnon de route, il ressentait, pour sa propre part, cette sourde terreur de la loi et de ses représentants qui assaille parfois la conscience la plus honnête.

Comme le fiacre s'arrêtait devant la maison indiquée, le brouillard se leva quelque peu et il vit apparaître une rue fangeuse[3], un estaminet[4], un restaurant de basse classe, une boutique où l'on vendait à la fois des journaux illustrés et des bottes de cresson[5],

1. **Fiacre** : voiture à cheval utilisée pour de courts trajets.
2. **Fauve** : couleur tirant sur le brun.
3. **Fangeuse** : boueuse.
4. **Estaminet** : petit café populaire.
5. **Cresson** : plante qui se mange en salade.

plusieurs enfants en haillons[1], blottis sous les porches[2], et nombre de femmes aux nationalités variées, descendant de leurs taudis[3], leur clef à la main, pour boire un premier petit verre. Le moment d'après, l'épais brouillard brunâtre descendit à nouveau sur ce quartier infâme[4] et lui en masqua les horreurs. Ainsi, le protégé de Henry Jekyll, le futur héritier de deux cent cinquante mille livres, avait choisi cette Suburre[5] pour y établir son foyer!

Une vieille femme, au visage ivoirin[6] et aux cheveux argentés, vint ouvrir la porte. Elle avait une expression satanique, adoucie par l'hypocrisie, mais elle était fort bien stylée.

– Oui, dit-elle, c'est ici qu'habite M. Hyde, mais il n'est pas encore rentré. Il est venu très tard cette nuit, mais il est ressorti de la maison moins d'une heure après.

Elle ajouta que de telles habitudes n'étaient pas exceptionnelles et que ce monsieur s'absentait souvent. Par exemple, il y avait près de deux mois qu'elle ne l'avait vu avant la brève apparition de cette nuit.

– Très bien, dit l'avoué, nous désirerions visiter son appartement.

Et quand la femme déclara la chose impossible:

– Je ferais mieux de vous présenter mon compagnon, ajouta-t-il. C'est l'inspecteur Newcomen, de Scotland Yard[7].

Le visage de la vieille s'illumina d'une joie diabolique.

– Ah, ah, dit-elle, il s'est fait pincer. Qu'est-ce qu'il a donc fait?

M. Utterson et le policier échangèrent un regard.

– Pour sûr, remarqua le représentant de l'ordre, ce M. Hyde n'inspire pas la sympathie. Et maintenant, ma brave dame, laissez-nous, ce monsieur et moi, reconnaître un peu les lieux.

---

1. **Haillons**: vieil habit usé.
2. **Porches**: lieu couvert à l'entrée d'une demeure.
3. **Taudis**: logement insalubre.
4. **Infâme**: peu fréquentable.
5. **Suburre**: quartier pauvre de la Rome antique.
6. **Ivoirin**: qui évoque l'apparence de l'ivoire.
7. **Scotland Yard**: police londonienne.

De toute la maison qui, à l'exception de la mégère[1], n'abritait que lui-même, M. Hyde occupait seulement une couple de pièces, meublées toutefois avec luxe et bon goût. Un placard était rempli de bonnes bouteilles; la vaisselle était d'argent, le linge de table d'une grande élégance. Un tableau de maître décorait le mur, « cadeau de Henry Jekyll », supposa Utterson qui connaissait le goût distingué de son ami. Quant aux tapis, ils étaient moelleux et de couleurs variées.

Pour l'instant, toutefois, l'appartement portait les traces d'un désordre extraordinaire. Des habits gisaient à même le parquet, toutes leurs poches retournées. Des tiroirs se trouvaient ouverts et, dans l'âtre[2], les chenets[3] étaient couverts de cendres grises, comme si l'on avait récemment brûlé des liasses et des liasses de papiers. De cet amas de cendres, le policier retira le talon d'un carnet de chèques, de couleur verte, qui avait résisté à l'action du feu. L'autre tronçon de la canne homicide[4] fut découvert derrière la porte, et, comme cette trouvaille corroborait ses soupçons, l'inspecteur se déclara enchanté. Une visite à la banque, où l'on trouva plusieurs milliers de livres sterling au compte courant du meurtrier, compléta sa satisfaction.

– Cette fois-ci, dit-il à Utterson, nous tenons notre homme. Il a dû perdre la tête, sans quoi il n'aurait jamais laissé sa canne ni surtout brûlé le carnet de chèques. L'argent est le nerf de la guerre. Il faudra bien qu'il vienne à la banque pour toucher des fonds. Nous n'avons plus qu'à l'y attendre ou à donner son signalement.

La dernière de ces deux choses n'était pas précisément facile à obtenir, car M. Hyde comptait peu de familiers. L'employeur de la servante l'avait vu deux fois seulement et il était impossible

1. **Mégère** : femme désagréable.
2. **Âtre** : partie située à la base d'une cheminée.
3. **Chenets** : dans une cheminée, objet de métal servant à maintenir les bûches en hauteur.
4. **Homicide** : ici, qui a tué.

de retrouver sa famille ; personne ne possédait sa photographie. Les quelques témoins susceptibles de le décrire différaient du tout au tout dans leurs déclarations. Ils ne s'entendaient que sur un point : l'obsédante impression de monstruosité inexprimable qu'inspirait le fugitif à tous ceux qui l'avaient aperçu.

Arrêt sur lecture 1

Un quiz pour commencer

Cochez les bonnes réponses.

1 *Dans quelle ville se situe l'action ?*

- ❐ Paris.
- ❐ New York.
- ❐ Londres.

2 *Quelle est la profession de M. Utterson ?*

- ❐ Médecin.
- ❐ Avoué.
- ❐ Reporter.

3 *Quel est le premier méfait de Hyde ?*

- ❐ Il incendie un hôtel.
- ❐ Il frappe violemment une fillette.
- ❐ Il cambriole une maison.

4 *Qui est chargé de faire appliquer le testament du Dr Jekyll ?*

- ❒ Edward Hyde.
- ❒ Des domestiques.
- ❒ M. Utterson.

5 *Quel est le prénom du Dr Jekyll ?*

- ❒ Robert.
- ❒ Louis.
- ❒ Henry.

6 *Comment se nomme le majordome du Dr Jekyll ?*

- ❒ Poole.
- ❒ Otis.
- ❒ Higgins.

7 *Que fait promettre le Dr Jekyll à Utterson ?*

- ❒ De retrouver et d'assassiner Hyde.
- ❒ De se montrer indulgent envers Hyde.
- ❒ De retrouver les parents de Hyde.

8 *Comment se nomme la victime qu'assassine Hyde ?*

- ❒ Lanyon.
- ❒ Poole.
- ❒ Danvers Carew.

9 *Quelle est l'arme du crime que l'on retrouve dans l'appartement de Hyde ?*

- ❒ Un revolver.
- ❒ Un couteau.
- ❒ Une canne.

Des questions pour aller plus loin

→ *Définir les caractéristiques de l'enquête policière*

La figure de l'« enquêteur »

1 Par quel portrait l'auteur commence-t-il son récit ? Que peut-on en déduire sur le rôle de ce personnage dans l'histoire qui va suivre ?

2 **Langue** Quel type de phrase M. Utterson emploie-t-il le plus souvent dans sa conversation avec son cousin Enfield (chapitre 1) ? Quel trait de caractère du personnage se trouve ainsi suggéré ?

3 Qu'est-ce qui déclenche « la mauvaise humeur » (p. 18) de M. Enfield ?

4 Rétablissez la chronologie de l'enquête de M. Utterson.

☐ ☐ ☐ ☐ ☐

① Rencontre avec Hyde

② Conversation avec Enfield

③ Soirée chez le Dr Jekyll

④ Visite chez le Dr Lanyon

⑤ Entretien avec Poole

La victime présumée

5 Faites la liste des informations que la lecture du testament du Dr Jekyll nous transmet (chapitre 2). Quelle est l'hypothèse de M. Utterson ?

6 Quand le Dr Jekyll apparaît-il ? Que suggère cette arrivée tardive ?

7 Quel sentiment lie Jekyll à Utterson ? En quoi cela oriente-t-il votre lecture ?

8 Quelle est l'origine de la querelle entre Jekyll et Lanyon ?

9 Complétez ce tableau, puis dites qui semble avoir le dessus entre Jekyll et Hyde. Vos réponses sont-elles en accord avec le point de vue de Jekyll sur Hyde au chapitre 3 (l. 54-81) ?

Chapitre 1	Qui signe le chèque ?	
Chapitre 1	Comment Hyde ouvre-t-il la porte de la maison de Jekyll ?	
Chapitre 2	Qui est le bénéficiaire du testament de Jekyll ?	
Chapitre 4	Quels objets de l'appartement attirent l'attention de M. Utterson ?	

Un criminel monstrueux

10 Pour quelle raison Utterson compare-t-il Hyde à « un homme des cavernes » (chapitre 2) ? Retrouvez deux autres expressions qui soulignent l'animalité du personnage (chapitres 2 et 4).

11 Reliez chaque information qui souligne la monstruosité de Hyde.

Sa taille (chapitre 4) •	• « méchante »
Son apparence (chapitre 4) •	• « petite »
Sa voix (chapitre 3) •	• « indistincte »

12 Quelle expression à la fin du chapitre 4 réaffirme ce point de vue ?

13 Quels éléments communs pouvez-vous relever entre les deux crimes (chapitre 1, l. 84 à 100 et chapitre 4, l. 15 à 43) ?

Zoom sur le portrait de M. Hyde (chapitre 1, l. 222 à 231)

14 Quelle principale difficulté rencontre M. Enfield pour décrire Hyde ?

15 Langue Recopiez les adjectifs qui se rapportent à Hyde.

16 Ces adjectifs vous permettent-ils de vous construire une image précise du personnage ?

✔ *Rappelez-vous !*

• Le début du roman s'apparente à un récit **policier**. Un homme de loi, M. Utterson, entreprend de mener une **enquête** sur M. Hyde. Celui-ci apparaît comme le principal **suspect** dans l'affaire du **meurtre** sauvage dont est victime Sir Danvers Crew.

• Brutal et impulsif, M. Hyde est un personnage redouté par tous ceux qui ont le malheur de croiser sa route.

De la lecture à l'expression orale et écrite

Des mots pour mieux s'exprimer

1 *Rangez les mots suivants dans la colonne attendue.*

argent | corde | couteau | détective | dispute

folie | jalousie | juge | matraque | médecin

pistolet | poison | policier | reporter | vol

Enquête	Mobile	Arme du crime

2 *Reliez chaque mot à son synonyme.*

Assassinat • • Infraction

Délit • • Responsable

Coupable • • Détective

Déposition • • Homicide

Enquêteur • • Témoignage

3 ***Formez des noms ou des verbes à partir des mots suivants (exemple : perquisition → perquisitionner).***

Noms		Verbes
Témoin	→	----------
----------	←	Arrêter
Suspect	→	----------
----------	←	Assassiner
Enquête	→	----------
----------	←	Découvrir
Interrogatoire	→	----------
----------	←	Déduire

La parole est à vous

4 ***Mettez en scène le premier échange entre Utterson et Hyde (de « M. Utterson s'avança et lui toucha l'épaule » à « il avait ouvert la porte et disparu dans la maison », p. 25 à 27).***

Consignes. Formez des groupes de deux et répartissez-vous les rôles. Relisez le texte et recopiez les passages dialogués. Repérez les indications concernant la gestuelle des personnages. L'un d'entre vous incarnera M. Utterson et l'autre se chargera d'endosser l'identité de M. Hyde. L'échange devra souligner l'opposition des caractères, d'un côté la cordialité de M. Utterson, de l'autre les vifs emportements de Hyde.

5 ***Transposez le témoignage de la jeune fille au chapitre 4.***

Consignes. Par groupes de trois à quatre élèves, relisez le début du chapitre 4 (de « Elle s'était assise sur sa malle » à « la jeune fille s'évanouit », p. 35-36) et transposez le témoignage de la jeune fille au discours direct et à la première personne du singulier. Vous ferez toutes les modifications attendues par le changement d'énonciation. Lisez ensuite votre texte en soulignant par le jeu de l'intonation le contraste entre la cordialité apparente de la rencontre et la sauvagerie de l'agression.

À vous d'écrire

6 ***Écrivez le portrait-robot que dresse Utterson à la police quand un officier lui demande de le renseigner sur les particularités du visage de M. Hyde.***

Consignes. Votre texte, d'une dizaine de lignes, sera rédigé au présent de l'indicatif. Relisez la fin du chapitre 2. Votre portrait insistera particulièrement sur l'aspect déplaisant du visage en intégrant le vocabulaire de la vue.

7 ***Considérez-vous que M. Utterson outrepasse ses fonctions d'avoué en se montrant trop curieux dans son enquête sur M. Hyde ?***

Consignes. Vous développerez votre point de vue dans un paragraphe d'une dizaine de lignes. Vous vous appuierez sur des exemples tirés des premiers chapitres du texte. Vous proposerez trois arguments qui illustrent votre point de vue.

Du texte à l'image

Histoire des arts

• John Atkinson Grimshaw, *Leeds Bridge*, huile sur toile, 1880, Leeds Art Gallery, Royaume-Uni.
• Gustave Doré, *Londres, vue prise d'un chemin de fer par-dessus les toits*, gravure colorisée tirée de l'ouvrage *Londres : un pèlerinage*, de Gustave Doré et Blanchard Jerrold, 1872.

➡ **Images reproduites en fin d'ouvrage, au verso de la couverture.**

Lire l'image

1 Précisez les techniques employées dans ces deux œuvres (peinture, photographie, dessin, etc.).

2 Quelles villes sont représentées dans ces œuvres ? Laquelle renvoie au roman de Stevenson ?

3 Comparez les deux illustrations. Quels points communs retrouvez-vous ?

Comparer le texte et l'image

4 Sur quels aspects de la ville au XIXe siècle le tableau de John Atkinson Grimshaw insiste-t-il ?

5 De quel quartier de Londres évoqué dans le roman l'œuvre de Gustave Doré pourrait-elle s'inspirer ? Quel personnage y habite ?

À vous de créer

6 Produisez la une d'un journal du XIXe siècle. Formez un groupe de cinq à six élèves. Inventez le nom d'un grand quotidien de Paris ou de Londres en vous inspirant de journaux ayant existé (*Le Journal, Le Petit parisien, Le Figaro*...). Imaginez chacun un fait divers macabre dont vous raconterez le contenu en quelques lignes. Insérez-y l'une des illustrations étudiées.

Chapitre 5

La lettre suspecte

L'après-midi était déjà fort avancé lorsque M. Utterson sonna chez le Dr Jekyll; Poole le reçut immédiatement; il lui fit traverser l'office[1] et la cuisine, puis une cour qui, jadis[2], avait dû servir de jardin; après quoi, il l'introduisit dans la bâtisse que l'on appelait indifféremment le laboratoire ou la salle de dissection[3]. Le docteur avait racheté cette maison aux héritiers d'un chirurgien célèbre, mais, comme ses propres goûts concernaient plutôt la chimie que l'anatomie[4], il avait changé la destination[5] des bâtiments du fond.

C'était la première fois que l'avoué pénétrait dans cette partie de la demeure; il examina avec curiosité la sombre construction sans fenêtre, jeta un coup d'œil circulaire empreint de dégoût et d'étonnement sur les gradins de l'amphithéâtre, jadis bondé d'étudiants enthousiastes et maintenant nu et silencieux. Les tables étaient chargées de cornues[6] et d'éprouvettes, le plancher jonché de cartons d'emballage et de paille; une faible lumière tombait de la coupole embrumée. Tout au bout, un escalier conduisait à une

1. **Office**: pièce voisine de la cuisine.
2. **Jadis**: autrefois.
3. **Dissection**: action médicale qui consiste à séparer les parties d'un corps.
4. **Anatomie**: étude du corps.
5. **Destination**: ici, usage.
6. **Cornues**: instruments de chimie qui servent à distiller.

porte capitonnée[1] de rouge. Après l'avoir franchie, M. Utterson pénétra enfin dans le cabinet du docteur.

C'était une pièce spacieuse, garnie tout autour de vitrines, meublée, entre autres choses, d'une grande glace sur pied et d'un bureau ; elle prenait jour sur la courette[2] par trois fenêtres poussiéreuses garnies de barreaux de fer. Le feu était allumé dans l'âtre, une lampe, allumée également, dominait le manteau de la cheminée, car, même dans les maisons, le brouillard avait commencé à se répandre. Là, assis tout près du feu, le Dr Jekyll rêvait, effroyablement pâle. Il ne se leva même pas pour accueillir son visiteur, mais lui tendit une main glacée et lui souhaita la bienvenue d'une voix profondément altérée[3].

– Alors, dit M. Utterson, aussitôt que Poole les eut laissés, vous connaissez la nouvelle ?

Le docteur frissonna.

– Ils l'ont assez claironnée dans le square. Je pouvais entendre les camelots[4] depuis ma salle à manger.

– Je n'ai qu'une seule chose à vous dire. Carew était mon client, mais vous l'êtes aussi et je désire savoir ce qu'il me convient de faire. Vous n'avez pas poussé la folie jusqu'à cacher ce monstre ?

– Utterson, je jure devant Dieu que je ne le reverrai plus jamais. Je vous donne ma parole d'honneur que j'en ai fini avec lui dans ce bas monde. Tout est rompu entre nous. D'ailleurs, il n'a pas besoin de mon aide. Vous ne le connaissez pas aussi bien que moi. Il est en sécurité, personne ne peut rien contre lui. Retenez ce que je vous dis, personne n'entendra plus jamais parler de lui !

L'avoué écoutait d'un air sombre. Il n'aimait pas beaucoup la véhémence[5] de son ami.

1. **Capitonnée** : couverte d'un tissu matelassé.
2. **Courette** : petite cour.
3. **Altérée** : modifiée.
4. **Camelots** : crieurs publics, vendeurs de journaux.
5. **Véhémence** : emportement.

– Vous semblez bien sûr de son affaire, observa-t-il. Dans votre propre intérêt, je souhaite que vous ayez raison. Songez au scandale qui rejaillirait sur vous en cas de procès.

– Je suis absolument certain de lui, rétorqua Jekyll, et ma conviction repose sur des raisons que je ne puis dévoiler à personne. Toutefois, il y a une chose sur laquelle j'aimerais bien avoir votre avis. J'ai... j'ai... reçu une lettre et je me demande si je dois la montrer à la police. Je voudrais, Utterson, que vous me disiez franchement ce que vous en pensez, car vous êtes le meilleur juge. J'ai tellement confiance en vous !

– Vous craignez, j'imagine, que cette lettre ne le fasse découvrir.

– Non point ! Hyde ne m'intéresse plus. Je n'ai plus rien à voir avec lui. Je pensais seulement à ma réputation que cette lamentable affaire a plutôt compromise.

Utterson médita un moment. L'égoïsme de son ami le surprenait tout en le soulageant.

– Eh bien, dit-il enfin, montrez-moi cette lettre.

Le message, d'une écriture bizarre, toute droite, était signé Edward Hyde et disait assez brièvement que le bienfaiteur du signataire, le Dr Jekyll, envers lequel lui, Edward Hyde, avait si mal agi, ne devait pas s'alarmer pour sa sécurité, car il disposait, pour s'échapper, de moyens infaillibles[1].

L'avoué était, somme toute, assez content de cette lettre qui jetait, sur l'intimité des deux hommes, un jour meilleur qu'il n'avait d'abord supposé et il s'en voulut de ses anciens soupçons.

– Avez-vous l'enveloppe ? questionna-t-il.

– Je l'ai brûlée avant de penser à ce que je faisais. Il n'y avait pas de timbre. La lettre a été remise à l'un de mes domestiques.

– Dois-je la garder sans rien dire à personne ?

– Je vous laisse le soin d'en décider. Jugez pour moi, car j'ai perdu confiance en moi-même.

---

1. **Infaillibles** : sûrs, que l'on ne peut manquer.

– Eh bien, je réfléchirai. Et maintenant, encore un dernier renseignement : c'est bien Hyde qui vous a dicté les termes de votre testament relatifs à une disparition éventuelle ?

Le docteur sembla sur le point de s'évanouir ; il serra les lèvres et pencha la tête.

– Je le savais bien, déclara Utterson, il voulait tout simplement vous assassiner. Vous l'avez échappé belle.

– Je n'en sais rien. J'ai surtout reçu ce que je méritais : une bonne leçon. Oh, mon Dieu, Utterson, quelle leçon ! Quelle leçon !

Ce disant, il se cachait le visage dans ses mains.

Avant de sortir, l'avoué s'arrêta pour parler à Poole.

– À propos, fit-il, on a donc apporté une lettre aujourd'hui ? Quelle allure le messager avait-il ?

Poole affirma que tout le courrier du jour était venu par la poste et qu'il ne consistait d'ailleurs qu'en circulaires[1] sans importance.

En apprenant cela, Utterson sentit ses craintes redoubler. De toute évidence, la lettre était venue par la porte du laboratoire ; peut-être même avait-elle été écrite dans le cabinet. S'il en était ainsi, l'affaire prenait une tout autre tournure et il fallait agir avec encore plus de circonspection[2].

En revenant chez lui, il entendit les vendeurs de journaux qui s'enrouaient[3] à crier le long des trottoirs : « Édition spéciale ! Un crime sensationnel ! La mort atroce d'un membre du Parlement ! » Telle était l'oraison funèbre[4] d'un client et d'un ami et il ne pouvait s'empêcher de craindre que l'honneur d'un autre ne fût aspiré par le tourbillon du scandale. De toute façon, il avait un problème épineux[5] à résoudre et, tout habitué qu'il fût

1. **Circulaires** : documents.
2. **Circonspection** : prudence.
3. **S'enrouaient** : se faisaient mal à la gorge.
4. **Oraison funèbre** : discours qui loue les qualités d'un mort.
5. **Épineux** : délicat.

à ne compter que sur lui, il se prit à désirer un avis, un conseil ! Directement, il ne pouvait le demander, mais peut-être l'obtiendrait-il par un subterfuge[1].

Peu après, il était assis au coin de sa propre cheminée avec M. Guest, son premier clerc[2], en face de lui. Entre eux deux, à une distance bien calculée de la flamme, l'avoué avait mis à chambrer[3] une bonne vieille bouteille de derrière les fagots[4]. Le brouillard planait encore sur la ville enténébrée où les lampes brillaient comme des escarboucles[5] et, à travers l'ouate épaisse des lourdes nuées, la circulation de l'immense métropole, roulant à vitesse réduite par les grandes artères, bruissait comme un vent puissant.

Le feu, toutefois, égayait la pièce. Dans la bouteille où l'acidité du cru s'était depuis longtemps dissipée, la couleur royale avait mûri avec le temps, tout comme la tonalité des grands vitraux gothiques[6] devient plus somptueuse avec les siècles. Bientôt la bouteille dispenserait aux amateurs l'éclat des chauds après-midi d'automne sur les vieilles vignes de France, et les brouillards de Londres s'en trouveraient dispersés !

Insensiblement, l'avoué sentait son cœur mollir. M. Guest était l'homme pour lequel il avait le moins de secrets et il se demandait parfois s'il ne ferait pas mieux d'être un peu plus réservé avec lui. Guest avait été envoyé en mission chez le docteur ; il connaissait Poole, il avait dû apprendre l'existence de M. Hyde et ses visites dans la maison du square. Il pouvait donc tirer des conclusions. Ne valait-il pas mieux lui montrer une lettre qui éclairât ce mystère ? Par-dessus tout, Guest avait une

1. **Subterfuge** : ruse, stratagème.
2. **Clerc** : assistant de l'avoué (se dit aussi de l'assistant d'un notaire).
3. **Chambrer** : sortir une bouteille pour la mettre à la bonne température.
4. **De derrière les fagots** : qui a été conservé pour vieillir.
5. **Escarboucles** : pierres précieuses d'un rouge vif.
6. **Gothiques** : qui remontent au Moyen Âge.

réputation de graphologue[1] et considérerait une consultation comme un service bien naturel. Le clerc, au demeurant, était homme de bon conseil ; il ne lirait pas un document aussi singulier sans faire de commentaires et, suivant la teneur de ceux-ci, M. Utterson pourrait établir sa ligne de conduite.

– Cette histoire de sir Danvers, commença-t-il, est bien lamentable.

– Oui, monsieur, répondit Guest, les gens en ont été fort émus. De toute évidence, c'est un crime de fou !

– J'aimerais bien savoir ce que vous en pensez. J'ai ici un document rédigé de la main même du meurtrier et, entre nous soit dit, je ne sais qu'en faire. C'est pour le moins fort embarrassant. Quoi qu'il en soit, le voici ! La chose doit vous intéresser, un autographe[2] d'assassin !

Les yeux de Guest brillèrent. Il s'assit aussitôt et se mit en devoir d'examiner le document. On le sentait prodigieusement intéressé. Enfin, il dit :

– Non, monsieur, ceci n'est pas l'écriture d'un fou, mais quand même c'est une drôle d'écriture.

Juste à ce moment, le domestique entra avec un billet.

– Est-ce du Dr Jekyll ? s'enquit le clerc. Je crois reconnaître l'écriture. Puis-je vous demander, monsieur Utterson ?…

– Oh, une simple invitation à dîner. Vous voulez la voir ?

– S'il vous plaît. Merci, monsieur !

Le clerc posa les deux feuilles de papier l'une près de l'autre et compara avec attention les écritures.

– Merci, monsieur, dit-il enfin en rendant les deux lettres. C'est là un autographe très intéressant.

Il y eut un silence pendant lequel M. Utterson luttait avec lui-même.

– Pourquoi avez-vous confronté ces deux lettres, Guest ? demanda-t-il soudainement.

1. **Graphologue** : qui étudie avec minutie les particularités d'une écriture.
2. **Autographe** : écrit de la main même de quelqu'un.

– Oh bien, monsieur, répondit le clerc, il y a là une ressemblance assez singulière. Les deux écritures sont identiques sur bien des points, sauf que l'une est droite et l'autre penchée.

– Plutôt bizarre, dit Utterson.

– Oui, c'est plutôt bizarre.

– Je crois qu'il vaut mieux ne pas parler de cette lettre.

– Non, monsieur ! Je comprends cela.

M. Utterson ne fut pas plus tôt seul ce soir-là qu'il enferma la lettre dans son coffre-fort d'où elle ne devait plus jamais sortir.

« Quoi ! pensa-t-il. Henry Jekyll se faire faussaire pour sauver un assassin ! »

Et le sang se glaça dans ses veines.

Chapitre 6

La fin mystérieuse du Dr Lanyon

Le temps suivit son cours; la tête du meurtrier fut mise à prix pour des milliers de livres sterling, car sir Danvers était un homme populaire et sa mort avait été considérée comme un deuil national. Cependant, M. Hyde s'était évanoui aux yeux de la police, comme s'il n'avait jamais existé. On exhuma[1] nombre de faits de son passé et tous étaient particulièrement atroces.

Des bruits transpirèrent sur la cruauté de cet homme, à la fois insensible et violent; sur sa vie de stupre[2], ses étranges compagnons de débauche et sur la haine qui semblait s'attacher à sa personne; mais du lieu où il se cachait, pas un mot!

Depuis le moment où il avait quitté sa maison de Soho, le matin du crime, il s'était littéralement[3] dissipé en fumée. Au fur et à mesure que le temps passait, M. Utterson commençait à se remettre de ses alarmes, à se tranquilliser. Dans son opinion, la disparition de M. Hyde compensait largement la perte de sir Danvers. Maintenant que la fâcheuse influence n'agissait plus sur lui, le Dr Jekyll renaissait à la vie. Il sortit de son isolement, renoua avec ses amis, reprit son rôle d'invité de marque et d'hôte[4] charmant. Jusqu'à présent, on l'avait connu pour un homme

---

1. **Exhuma**: mit au jour.
2. **Stupre**: débauche honteuse.
3. **Littéralement**: au sens propre, tout à fait.
4. **Hôte**: désigne celui qui reçoit chez lui.

charitable[1]; désormais, il se distingua aussi par ses sentiments religieux. Il était affairé[2], sortait beaucoup, faisait le bien ; son visage s'épanouissait et rayonnait comme éclairé par la conscience intime du bel exemple qu'il donnait et, pendant plus de deux mois, le docteur vécut en paix.

Le 8 janvier, Utterson, en compagnie d'un petit nombre de convives, avait dîné chez Jekyll. Lanyon était là et leur hôte avait regardé ses deux anciens amis comme il le faisait naguère alors qu'ils formaient un vrai trio d'inséparables. Le 12, puis encore le 14 janvier, l'avoué trouva porte close.

Poole lui dit :

– Le docteur est malade et ne veut voir personne.

Le 15, Utterson fit une nouvelle tentative, mais ne réussit pas mieux que la veille. Étant accoutumé de rencontrer son ami presque chaque jour depuis les deux derniers mois, il ne laissa pas de[3] trouver inquiétant ce renouveau de solitude. Le cinquième soir, il invita Guest à dîner avec lui et, le sixième, il se rendit chez le Dr Lanyon.

Là, du moins, on ne refusa pas de le recevoir, mais quand il entra, il fut médusé[4] à la vue du changement dont témoignait l'aspect du docteur. Visiblement, il portait son arrêt de mort écrit sur sa figure. Son teint rose était devenu terreux[5], il avait considérablement maigri ; il paraissait plus chauve et plus vieux !

Et, pourtant, ce n'était point tant les symptômes d'une déchéance[6] physique rapide qui retinrent l'attention de l'avoué. Il y avait dans le regard et dans l'attitude de l'homme quelque chose d'effrayant et qui semblait révéler une angoisse intime d'une intensité sans pareille. Le docteur ne devait quand même pas

1. **Charitable** : généreux.
2. **Affairé** : occupé par ses affaires.
3. **Ne laissa pas de** : ne manqua pas de.
4. **Médusé** : frappé de stupeur.
5. **Terreux** : qui évoque la teinte de la terre.
6. **Déchéance** : dégradation, décrépitude.

craindre la mort et, cependant, c'est cela qu'Utterson était tenté de soupçonner !

« Oui, pensa-t-il, il est médecin, il doit connaître son propre état et savoir que ses jours sont comptés ; la proximité de l'échéance fatale le terrifie. »

Toutefois, lorsque Utterson, plein de sollicitude[1], s'inquiéta de sa mauvaise mine, Lanyon lui déclara avec une grande fermeté qu'il se savait condamné.

– J'ai reçu un choc, expliqua-t-il, et je ne m'en remettrai jamais. Je n'en ai plus que pour quelques semaines. Après tout, la vie a eu de bons côtés ; je l'ai aimée. Oui, Utterson, j'aimais la vie, mais je crois quelquefois qu'il vaut mieux ignorer certaines choses, car, si nous savions tout, nous n'hésiterions pas à nous supprimer.

– Jekyll est malade aussi, repartit Utterson. L'avez-vous vu ?

À ces mots, Lanyon changea de visage ; il leva une main tremblante et dit d'une voix mal assurée :

– Ne me parlez pas du Dr Jekyll. J'ai rompu toutes relations avec cet homme et je vous prierais de bien vouloir m'épargner toute allusion à son égard. Je le considère comme mort.

– Ah, bah ! dit Utterson.

Et puis, après une pause assez longue :

– Ne pourrais-je faire quelque chose ? demanda-t-il. Nous sommes trois vieux amis, Lanyon, et il est trop tard pour songer à en retrouver d'autres.

– Il n'y a rien à faire. Demandez plutôt à Jekyll lui-même.

– Il ne veut plus me voir.

– Je n'en suis pas surpris. Un jour viendra, Utterson, après que je serai mort, où vous finirez par connaître toute l'histoire. Je ne peux rien vous dire maintenant. En attendant, s'il vous plaît de vous asseoir là et de m'entretenir d'autres sujets, pour l'amour de Dieu, restez et causons ; mais si vous ne pouvez pas

1. **Sollicitude** : préoccupation affectueuse.

détourner votre esprit de cette maudite affaire, alors, au nom de Dieu, partez, car je ne puis le supporter !

Dès qu'il fut rentré chez lui, Utterson s'assit à son bureau et écrivit à Jekyll pour se plaindre de son obstination à lui fermer sa porte et pour lui demander la raison de cette malheureuse rupture avec Lanyon. Le lendemain, il reçut une longue réponse, souvent exprimée d'une façon très pathétique[1], mais, par endroits, fort mystérieuse. La rupture avec Lanyon était définitive.

Je ne blâme[2] *pas notre vieil ami,* disait la lettre, *mais je partage son avis que nous ne devons plus jamais nous revoir. Dès à présent, je compte mener une vie d'isolement absolu. Ne soyez donc pas surpris et ne doutez point de mon amitié si ma porte vous reste obstinément*[3] *close. Laissez-moi suivre seul le chemin de l'abîme*[4]*. Je me suis attiré un châtiment*[5] *et un danger me menace que je ne puis nommer. Si je suis le plus grand des pécheurs, je suis aussi le plus malheureux des hommes. Je ne me doutais pas que, sur terre, il pût exister de telles souffrances et de telles terreurs. Une seule chose, Utterson, peut alléger ma destinée, c'est de savoir que vous respecterez mon silence.*

Ce billet laissa Utterson atterré. Hé quoi ! La néfaste[6] influence de Hyde n'existait plus, le docteur était revenu à ses anciens travaux, à ses vieilles amitiés ; une semaine auparavant, l'avenir lui souriait et semblait lui promettre une vieillesse heureuse et honorée ! Et à présent, en un tournemain[7], amitiés, sérénité de l'esprit, paix du cœur, intérêt de la vie, tout s'était effondré ! Un changement si grand et si imprévu n'indiquait-il point la folie ?

---

1. **Pathétique** : qui cherche à émouvoir.
2. **Blâmer** : porter un jugement défavorable.
3. **Obstinément** : définitivement.
4. **Abîme** : ici, enfer.
5. **Châtiment** : punition divine.
6. **Néfaste** : nuisible.
7. **En un tournemain** : en un instant.

Pourtant, si l'on tenait compte des manières et des paroles de Lanyon, il devait y avoir une cause plus profonde.

Huit jours plus tard, le Dr Lanyon s'alita[1] et une quinzaine ne s'était pas écoulée qu'il mourait.

Le soir de l'enterrement, auquel Utterson avait assisté avec une profonde tristesse, l'avoué s'enferma dans son étude et, assis auprès de la mélancolique lumière d'une bougie, plaça devant lui une enveloppe au sceau et à l'écriture de son ami défunt. La suscription disait : *Confidentiel, à remettre personnellement au seul J. G. Utterson et, au cas où il mourrait avant moi, à détruire sans lire.*

L'avoué pensa : « J'ai enterré un ami aujourd'hui, et, peut-être, ce pli va m'en faire perdre un autre. »

Condamnant cette peur comme déloyale, il rompit les sceaux. À l'intérieur, il ne trouva qu'une autre enveloppe, également cachetée et sur laquelle on pouvait lire : *À ne pas ouvrir avant la mort ou la disparition du Dr Henry Jekyll.*

Utterson n'en pouvait croire ses yeux. Oui ! Il y avait bien « disparition ». Ici encore, comme dans le testament insensé qu'il avait depuis longtemps restitué à son auteur, ici encore se retrouvaient l'idée de disparition et le nom de Henry Jekyll accouplés[2]. Or, dans le testament, cette idée provenait de la sinistre suggestion du monstre Hyde ; ici, elle apparaissait dans un but évident et horrible. Et c'était la main de Lanyon qui avait écrit cela ! Qu'est-ce que cette chose pouvait bien vouloir dire ? Le dépositaire[3], en proie à une extrême curiosité, fut un instant tenté de faire fi[4] de l'interdiction et de percer immédiatement tous ces mystères ; mais l'honneur professionnel et la foi jurée à l'ami défunt étaient de strictes obligations, si bien que le paquet fut soigneusement placé dans le coin le plus secret de son coffre personnel. Mortifier[5]

1. **S'alita** : se mit au lit (en raison d'une maladie).
2. **Accouplés** : mis ensemble.
3. **Dépositaire** : celui qui est en charge d'une mission.
4. **Faire fi** : ne pas tenir compte de.
5. **Mortifier** : malmener.

sa curiosité est une chose, la vaincre en est une autre et l'on peut se demander si, à partir de ce jour, Utterson désira la société de son ami survivant avec la même vivacité. Il l'aimait toujours beaucoup, certes, mais ses pensées étaient angoissées et craintives. À plusieurs reprises, il tenta de lui rendre visite, mais, toutes les fois, il trouva porte close et en fut presque soulagé. Au fond, il préférait encore causer avec Poole, sur le seuil de la demeure, entouré de l'atmosphère et du bruit de la capitale, plutôt que d'être admis dans cet antre[1] de séquestré[2] volontaire et de s'entretenir avec cet impénétrable reclus[3].

Poole, à dire vrai, n'avait pas de bien bonnes nouvelles à communiquer. Le docteur, semblait-il, se confinait plus que jamais dans le cabinet au-dessus du laboratoire. Il y dormait même quelquefois. Il était abattu, silencieux, ne lisait plus, semblait accablé par un fardeau[4] spirituel. Utterson s'était tellement bien habitué à l'uniformité de ces réponses que, peu à peu, il espaça ses visites.

---

1. **Antre** : abri (d'un animal sauvage).
2. **Séquestré** : retenu de force.
3. **Reclus** : personne qui renonce à la vie en société.
4. **Fardeau** : poids.

Chapitre 7

Un homme à la fenêtre

Le hasard voulut que, le dimanche suivant, M. Utterson, faisant sa promenade habituelle en compagnie de M. Enfield, se retrouvât une fois encore dans la petite rue. Parvenus en face de la porte, les deux amis s'arrêtèrent pour la contempler.

– Eh bien, dit Enfield, cette histoire est enfin terminée. Nous ne reverrons plus ce M. Hyde.

– Je l'espère bien, répondit M. Utterson. Savez-vous qu'il m'est arrivé, à moi aussi, de le rencontrer et qu'il m'a inspiré autant de dégoût qu'à vous-même ?

– Il ne pouvait guère en être autrement ! Mais, à propos, vous avez dû me croire bien sot d'ignorer que cette porte est une entrée de derrière donnant accès à la maison du Dr Jekyll. Si je l'ai découvert, c'est en partie grâce à vous.

– Ah, ah ! vous avez découvert cela ! Alors, si tel est le cas, nous pouvons bien entrer dans la cour et jeter un coup d'œil aux fenêtres. Pour ne rien vous cacher, j'ai des craintes au sujet de ce pauvre Jekyll et j'ai l'impression que la présence d'un ami, même à l'extérieur de sa maison, pourrait lui faire du bien.

La cour était très fraîche et un peu humide, envahie par une pénombre prématurée, encore que le ciel, tout là-haut, s'illuminât des feux du soleil couchant. Des trois fenêtres, celle du milieu semblait entrouverte. En se rapprochant, Utterson aperçut soudain le Dr Jekyll qui, avec une expression de tristesse infinie, prenait l'air à la manière de quelque morne[1] captif.

– Hep là, Jekyll ! lui lança-t-il. Vous allez mieux à ce qu'il paraît.

– Non, Utterson, je me sens très mal, répliqua le docteur d'un air lugubre[2], mais j'espère que cela sera bientôt fini, Dieu merci !

– Vous restez trop enfermé, repartit l'avoué. Vous devriez sortir. Rien de tel pour activer la circulation. Voyez plutôt M. Enfield et moi ! Permettez-moi de vous présenter : mon cousin, M. Enfield – le Dr Jekyll ! Allons, mon vieux, prenez votre chapeau et venez faire un petit tour avec nous.

L'homme à la fenêtre soupira.

– Vous êtes bien aimables, dit-il, et je serais heureux de sortir en votre compagnie, mais hélas ! c'est tout à fait impossible. Non, non, je n'ose m'y risquer. Quand même, Utterson, je suis ravi de vous voir ! C'est pour moi un grand, très grand plaisir ! Je vous demanderais bien de monter avec M. Enfield, mais l'endroit n'est vraiment pas convenable.

– Oh, bien ! fit l'avoué avec complaisance, le mieux n'est-il pas que nous restions, là en bas, à parler un instant avec vous ?

– C'est ce que j'allais vous proposer, repartit le docteur avec un sourire.

Mais ces paroles avaient été à peine prononcées que le sourire se figeait sur ses traits et faisait place à une expression de terreur et de désespoir si atroce que les deux promeneurs, au pied de la fenêtre, sentirent le sang se glacer dans leurs veines. La chose ne leur était apparue que l'espace d'un éclair, car la fenêtre s'était instantanément refermée, mais cet éclair avait suffi. Tournant les talons, ils quittèrent la cour sans échanger une parole. Dans le même silence, ils remontèrent la petite rue et ce fut seulement lorsqu'ils eurent atteint l'avenue voisine où, malgré la solitude du dimanche, une certaine animation régnait encore,

---

1. **Morne** : triste.
2. **Lugubre** : sinistre.

que M. Utterson se détourna enfin et regarda son compagnon. Tous deux étaient mortellement pâles et la même expression de terreur s'apercevait dans leurs yeux.

– Dieu nous envoie sa miséricorde[1] ! s'exclama Utterson.

Mais M. Enfield secoua gravement la tête et reprit sa marche en silence.

1. **Miséricorde** : compassion.

Chapitre 8

La dernière nuit

Un soir, après dîner, M. Utterson était assis au coin du feu, lorsqu'il eut la surprise de recevoir la visite de Poole.

– Bonté divine, Poole ! Que venez-vous faire ici ? s'exclama-t-il.

Puis le regardant une seconde fois :

– Qu'est-ce que vous avez ? ajouta-t-il. Le docteur est-il malade ?

– Monsieur Utterson, répondit l'homme, il y a quelque chose qui ne va pas.

– Asseyez-vous, dit l'avoué, et buvez ce verre de vin. Maintenant, prenez votre temps et dites-moi tout simplement ce qui vous tourmente.

Poole répliqua :

– Vous connaissez les façons du docteur, monsieur, et ses manies[1] de s'enfermer. Eh bien ! il s'est encore enfermé dans son cabinet et je n'aime pas cela, monsieur. Qu'on me pende si j'aime cela, monsieur Utterson ! J'ai... j'ai peur.

– Allons, mon brave, expliquez-vous ! De quoi auriez-vous peur ?

– Voilà une semaine que cela dure et je ne puis plus y tenir !

L'aspect de l'homme confirmait ses dires. Il avait grandement changé et, sauf au moment où il s'était déclaré terrifié, il n'avait pas une seule fois regardé l'avoué en face. En cet instant même, assis sur sa chaise, il tenait sur son genou son verre de vin intact et, les yeux dirigés vers un coin du parquet, s'obstinait à répéter :

1. **Manies** : habitudes bizarres.

– Je ne puis plus y tenir, je ne puis plus y tenir !

– Allons, dit l'avoué, vous devez avoir quelques bonnes raisons pour agir ainsi. Il y a quelque chose qui ne va vraiment pas, hein ? Essayez de me dire ce qui se passe.

– Ça doit être un crime, répondit Poole d'une voix rauque[1].

– Un crime ! s'écria l'avoué passablement effrayé et, par voie de conséquence, un peu en colère. Quel crime ? Qu'est-ce que cela veut dire ?

– Je n'ose pas parler, monsieur Utterson, mais voulez-vous venir avec moi jusqu'à la maison ? Vous verrez vous-même !

Pour toute réponse, M. Utterson se leva, décrocha son pardessus[2] et son chapeau, assez étonné de voir l'expression de soulagement qui se peignit aussitôt sur les traits du maître d'hôtel. L'homme n'avait pas vidé son verre !

Cette nuit-là était une vraie nuit de mars, venteuse et froide, avec un pâle croissant de lune couché sur le dos comme si le vent l'avait culbuté et, en dessous de lui, une écharpe de nuages étirant sa gaze[3] vaporeuse[4]. Le vent rendait la conversation difficile et vous congestionnait[5] le visage. On aurait dit qu'il avait balayé les rues de leurs passants, tant la ville était déserte. M. Utterson ne l'avait jamais vue ainsi et il aurait bien voulu qu'il en fût autrement. Jamais, de toute son existence, il ne s'était senti un tel désir d'apercevoir ou de toucher une créature humaine, car il avait beau faire, son esprit s'angoissait comme à l'approche d'une catastrophe. Quand ils arrivèrent dans le square, ils le trouvèrent tout plein de vent et de poussière, et les grêles[6] arbres du jardin se meurtrissaient aux barreaux de la grille. Poole, qui avait pris les devants, s'arrêta droit au milieu du trottoir et, malgré la

1. **Rauque** : dure et enrouée.
2. **Pardessus** : manteau.
3. **Gaze** : étoffe légère.
4. **Vaporeuse** : transparente et floue, comme de la vapeur.
5. **Congestionnait** : faisait affluer le sang vers.
6. **Grêles** : maigres.

température, retira son chapeau pour s'éponger le front avec son mouchoir rouge. Mais la sueur qu'il essuyait ainsi n'était pas due à la précipitation de sa démarche. Ce n'était point là le signe de l'effort, mais la froide rosée de quelque angoisse innommable. Il était blême[1], et, quand il parla, sa voix n'arrivait pas à sortir.

– Nous y voilà, monsieur, balbutia[2]-t-il, et Dieu fasse qu'il ne se soit rien passé de mal !

– Ainsi soit-il, Poole ! repartit l'avoué.

Là-dessus, le serviteur frappa très discrètement. La porte s'entrebâilla[3], maintenue par sa chaîne et, de l'intérieur, une voix s'enquit[4] :

– Est-ce bien vous, Poole ?

– Oui, c'est moi. Ouvrez la porte !

Le hall où ils entrèrent était brillamment éclairé ; un grand feu brûlait dans l'âtre et, autour de celui-ci, tous les domestiques, hommes et femmes, se tenaient rassemblés, blottis peureusement les uns contre les autres, tel un troupeau de moutons. À la vue de M. Utterson, une femme de chambre se mit à sangloter et la cuisinière s'écria :

– Dieu soit béni, voilà M. Utterson !

Puis elle se précipita vers son supérieur comme si elle eût voulu se jeter dans ses bras.

– Comment ? s'écria l'avoué d'un air autoritaire. Que signifie cette réunion nocturne ? Voilà qui est contraire à tous les règlements, à tous les bons usages ! Si votre maître vous voyait, il serait fort mécontent.

Poole murmura :

– Ils ont tous peur !

Aucune réaction, aucune protestation ; dans le silence universel, la femme de chambre se mit à pleurer plus fort.

1. **Blême** : très pâle.
2. **Balbutia** : prononça avec difficulté.
3. **S'entrebâilla** : s'ouvrit légèrement.
4. **S'enquit** : demanda.

– La paix ! lui ordonna Poole avec un accent féroce, preuve que ses nerfs, à lui aussi, étaient soumis à rude épreuve.

En fait, quand la jeune fille avait haussé le ton de ses lamentations[1], ils avaient tous tressailli et s'étaient tournés vers la porte intérieure avec, sur leurs visages, une expression d'attente terrifiée.

– Et maintenant, continua le maître d'hôtel, en s'adressant à un marmiton[2], va me chercher une bougie et nous en terminerons avec cette affaire.

Ensuite, il pria M. Utterson de le suivre et il le conduisit dans le jardin, derrière la maison.

– Maintenant, monsieur, dit-il, venez aussi doucement que possible. Je veux que vous entendiez, mais je ne veux pas qu'on vous entende. Et attention à une chose ! Si, par hasard, il vous priait d'entrer, n'entrez pas !

Cette conclusion inattendue fit si bien sursauter M. Utterson qu'il en faillit perdre l'équilibre ; cependant, rassemblant toute son énergie, il suivit le maître d'hôtel, d'abord dans le laboratoire, puis dans l'amphithéâtre encombré de cartons et de flacons pharmaceutiques[3]. De là, les deux hommes gagnèrent le pied de l'escalier. À ce moment, Poole fit signe à M. Utterson de se mettre de côté et d'écouter attentivement, tandis que lui-même, posant la bougie sur les marches et prenant son courage à deux mains, montait jusqu'à la porte du cabinet où, d'un doigt quelque peu hésitant, il frappait contre le capitonnage écarlate[4].

– C'est M. Utterson, docteur. Il voudrait vous voir.

Tout en parlant ainsi, il gesticulait[5] violemment pour faire comprendre à l'avoué qu'il eût à prêter l'oreille[6].

De l'intérieur, une voix répondit :

---

1. **Lamentations** : gémissements.
2. **Marmiton** : jeune garçon chargé d'aider à la cuisine.
3. **Pharmaceutiques** : provenant de pharmacies.
4. **Écarlate** : d'un rouge vif.
5. **Gesticulait** : faisait beaucoup de gestes.
6. **Prêter l'oreille** : écouter attentivement.

– Dites-lui que je ne veux pas le recevoir.

– Bien, docteur, répondit Poole, avec un accent de triomphe.

Puis, reprenant sa bougie, il reconduisit M. Utterson dans la cour. De là, ils passèrent dans la grande cuisine où le feu était à présent éteint et où des criquets[1] sautaient sur le plancher.

Poole regarda M. Utterson droit dans les yeux.

– Eh bien, monsieur, lui dit-il, était-ce la voix de mon maître ?

– Elle me semble avoir beaucoup changé, répliqua l'avoué très pâle et rendant regard pour regard.

– Changé ? Vous pouvez le dire ! Voici vingt ans que je suis dans la maison du docteur et je crois connaître sa voix. Non, monsieur, ce n'est pas elle. Le docteur a été assassiné ! Il a été assassiné il y a huit jours quand nous l'avons entendu implorer[2] le saint nom de Dieu et, pour ce qui est de l'homme là-dedans, nous le connaissons tous ! C'est d'une criante évidence !

– Voici une histoire bien étrange, Poole, une histoire abracadabrante[3], mon garçon.

Pendant ce temps, M. Utterson se mordait le bout des doigts.

– Supposez qu'il en soit comme vous le pensez, supposez que le Dr Jekyll ait été… hum ! assassiné, pourquoi le meurtrier s'attarderait-il ici ? Ce raisonnement ne tient pas debout ; il est inconciliable[4] avec le bon sens.

– Monsieur Utterson, vous êtes un homme difficile à persuader, mais je crois pouvoir vous convaincre. Pendant toute cette dernière semaine – il faut que vous sachiez cela –, l'homme ou la bête, l'être ou la chose qui vit dans ce cabinet n'a pas cessé de pleurer nuit et jour, et de réclamer un genre de médicament qu'il n'arrive pas à obtenir à son idée. C'était une des habitudes du patron d'écrire ses commandes sur une feuille de papier qu'il jetait sur les marches. Pendant toute cette semaine, nous avons eu

1. **Criquets** : insectes
2. **Implorer** : supplier.
3. **Abracadabrante** : que l'on ne peut croire.
4. **Inconciliable** : incompatible.

des messages de cette sorte ; rien que des bouts de papier devant une porte close qui ne s'ouvrait, en l'absence de tout témoin, que pour recueillir les repas que nous posions sur le paillasson. Eh bien, monsieur, tous les jours, deux et même trois fois dans la même journée, il y a eu des commandes ou des réclamations et j'ai dû faire la tournée de tous les pharmaciens en gros de Londres. Toutes les fois que je rapportais la drogue [1], je trouvais un autre papier m'enjoignant d'aller la reporter parce qu'elle n'était pas pure ; et puis, il y avait un ordre pour une maison différente. Il faut croire que celui qui est là-dedans a diablement besoin de ce remède !

– Pourriez-vous me montrer un de ces papiers ? demanda M. Utterson.

Poole fouilla dans sa poche et en ressortit un billet tout chiffonné que l'avoué examina soigneusement à la lueur de la bougie. Il était ainsi rédigé :

Le Dr Jekyll présente ses *meilleurs compliments à Messieurs Maw & Co. Il se voit obligé de leur répéter que leur dernier échantillon est impur et qu'il ne convient en aucune manière aux expériences qu'il poursuit. Au cours de l'année 18…, le Dr Jekyll avait obtenu de votre maison d'assez importantes quantités de ce médicament. Il vous prie instamment de vous livrer aux plus diligentes* [2] *recherches et, si toutefois vous retrouvez un peu de l'ancien produit, de bien vouloir le lui faire tenir immédiatement. Le coût de la marchandise n'entre pas en ligne de compte, car le Dr Jekyll y attache la plus grande importance.* Jusque-là, la lettre avait une allure assez normale, mais, après cette phrase, la plume avait soudain craché et l'émotion du scripteur [3] s'était donné libre cours. *Pour l'amour de Dieu,* avait-il ajouté, *trouvez-moi un peu de l'ancien produit !*

1. **Drogue** : médicament.
2. **Diligentes** : rapides et soigneuses.
3. **Scripteur** : celui qui écrit.

– Voilà un billet bien étrange, commenta M. Utterson.

Puis, dévisageant Poole d'un air sévère :

– Comment se fait-il que vous l'ayez décacheté[1] ?

– Oh, ce n'est pas moi, monsieur. Le potard[2] de chez Maw était furieux et m'a jeté ce papier au visage sitôt après l'avoir lu.

– Ceci est, sans aucun doute, l'écriture du docteur, n'est-ce pas ? reprit l'avoué.

Le domestique prit un air méditatif[3] et un peu boudeur.

– Oui, dit-il, cela lui ressemble assez, mais à quoi bon discuter sur des questions d'écriture ? J'ai vu l'homme !

– Vous avez vu l'homme ? Quel homme ?

– Eh bien, voilà ! Je rentrais du jardin et j'ai voulu pénétrer dans la salle d'opération. Il avait dû venir chercher sa drogue ou quelque chose d'autre, car la porte du cabinet était ouverte et il était là-bas, à l'autre bout de la pièce, en train de fourrager[4] parmi les emballages. Il leva les yeux quand il m'entendit, poussa une espèce de cri et remonta, quatre à quatre, dans son cabinet. Je l'ai vu l'espace d'un éclair, mais cela m'a fait dresser les cheveux sur la tête. Dites-moi, monsieur, si c'était mon maître, pourquoi portait-il un masque ? Si c'était mon maître, pourquoi se serait-il mis à crier comme un putois[5] et à s'enfuir à mon approche ? Il y a assez longtemps que je le sers, et puis encore…

L'homme s'arrêta et se passa la main sur le visage.

M. Utterson reprit :

– Toutes ces circonstances sont bien étranges, mais je crois commencer à y voir clair. Votre maître, Poole, est, de toute évidence, atteint d'une de ces maladies qui torturent en même temps qu'elles déforment le patient. Cela explique, pour autant

1. **Décacheté** : ouvert.
2. **Potard** : préparateur de la pharmacie (terme familier).
3. **Méditatif** : qui réfléchit.
4. **Fourrager** : fouiller avec frénésie.
5. **Crier comme un putois** : hurler, protester.

que je sache, l'altération[1] de sa voix, le port de ce masque et l'insistance qu'il met à fuir ses proches ; ceci explique aussi son anxiété[2] de trouver le médicament grâce auquel la pauvre âme espère encore se sauver. Dieu veuille que son attente ne soit pas déçue ! Voici ma version, Poole. Elle est triste, elle est tragique, mais elle est simple, naturelle, cohérente, raisonnable, et nous libère de nos alarmes les plus graves.

Le maître d'hôtel ne paraissait pas convaincu et son visage restait blême.

– Monsieur, articula-t-il avec peine, l'être qui est là-dedans n'est pas mon maître et c'est là pure vérité. Mon maître – ici il jeta des regards apeurés tout autour de lui et se mit à parler à voix basse –, mon maître est un homme grand et bien bâti, et c'est une sorte de nain que j'ai vu dans l'amphithéâtre !

M. Utterson essaya de protester, mais le domestique s'écria :

– Non, monsieur ! Voilà vingt ans que je vis avec le docteur et vous croyez que je ne le reconnaîtrais pas ? Vous croyez que je ne saurais pas dire à quelle hauteur arrive sa tête à la porte de son cabinet alors que je l'ai vue tous les matins de mon existence ? Non, monsieur, l'être au masque n'a jamais été le Dr Jekyll. Dieu seul sait ce qu'il est mais, je le répète, ce n'est pas le Dr Jekyll et j'ai la conviction[3] intime qu'on l'a assassiné.

– Poole, si vous parlez ainsi, mon devoir va être de m'en assurer. Malgré mon désir de ne pas causer de peine à votre maître, malgré mon embarras à la vue de ce billet qui semble le prouver toujours vivant, je me tiendrai pour obligé d'enfoncer cette porte.

– À la bonne heure, monsieur Utterson ! Voilà ce qui s'appelle parler !

– Mais ce n'est pas tout, mon garçon. Qui est-ce qui va se charger de l'opération ?

---

1. **Altération** : modification.
2. **Anxiété** : inquiétude croissante.
3. **Conviction** : certitude.

– Vous et moi, parbleu !

– C'est fort bien dit et, quoi qu'il arrive, je veillerai à ce que vous n'y perdiez pas votre situation.

– Il y a une hache dans l'amphithéâtre, continua Poole, et vous pourriez, quant à vous, prendre le grand tisonnier[1] de la cuisine.

L'avoué s'empara de l'engin qu'il soupesa rêveusement.

– Savez-vous bien, Poole, dit-il en levant les yeux, que nous allons courir certains risques.

– Ça, vous pouvez bien le dire !

– Dans ce cas alors, il vaut mieux jouer cartes sur table[2]. Nous avons tous deux une idée derrière la tête. Soyons francs ! Ce personnage masqué que vous avez vu, l'avez-vous reconnu ?

– Oh, bien, monsieur, les choses se sont passées si vite et l'être courbait à tel point l'échine[3] que je n'oserais pas en mettre ma main au feu, mais si vous pensez que ce soit là M. Hyde, eh bien, je partage votre avis ! Cela avait à peu près la même grosseur, la même agilité. Et puis, qui d'autre aurait pu s'introduire par la porte du laboratoire ? Vous n'avez pas oublié, monsieur, qu'au moment du crime Hyde avait encore la clef sur lui. Mais ce n'est pas tout ! Voyons, monsieur Utterson, avez-vous déjà rencontré cet individu ?

– Oui, Poole, je lui ai parlé.

– Alors vous savez certainement, tout comme nous autres, que ce monsieur a une drôle d'allure, qu'il y a en lui… Je ne sais comment vous dire cela, monsieur. On a, en le voyant, une impression bizarre, un frisson qui vous court par l'échine.

– Je dois avouer que j'ai éprouvé une sensation analogue[4], murmura M. Utterson.

– Quand je vous le disais, monsieur ! reprit Poole. Eh bien, lorsque cet être masqué a bondi, tel un singe, d'entre les boîtes

1. **Tisonnier** : instrument permettant d'attiser le feu.
2. **Jouer cartes sur table** : se parler sincèrement.
3. **Échine** : dos.
4. **Analogue** : semblable.

de pharmacie pour s'enfuir dans le cabinet, il m'a semblé qu'une eau glacée me coulait dans la moelle. Bien sûr, monsieur Utterson, cela ne prouve rien ! Je suis assez instruit pour m'en rendre compte. Mais un homme a quand même des intuitions et, foi de chrétien, les miennes m'assurent que c'était M. Hyde.

L'avoué hocha la tête.

– Hé oui, mon brave, mes craintes sont toutes pareilles aux vôtres. Qui sème le vent… Oui, en vérité, je vous crois. Je crois que le pauvre Henry a été assassiné et je crois que son meurtrier – dans quel dessein[1], Dieu seul peut le savoir – s'est enfermé dans la chambre de sa victime. Allons, nous avons un mort à venger. Faites venir Bradshaw !

Le valet de pied répondit à l'appel, très pâle et tout tremblant.

– Voyons, Bradshaw, dit l'avoué, ne faites pas la poule mouillée. Je comprends que ce mystère vous mette à tous les nerfs en pelote[2], mais nous avons décidé d'en finir. Poole et moi, nous allons enfoncer la porte du cabinet. Si ce n'est qu'une fausse alerte, je serai seul à encourir le blâme, car je prends tout sous ma responsabilité. En attendant, pour parer à[3] toute éventualité fâcheuse ou pour empêcher tout malfaiteur de s'échapper par-derrière, vous vous posterez avec le marmiton à la porte du laboratoire, armés chacun de deux bons gourdins[4]. Vous avez dix minutes pour vous rendre à vos postes.

Au départ de Bradshaw, l'avoué consulta sa montre.

– Et maintenant, Poole, dit-il, à l'ouvrage !

Prenant le tisonnier sous son bras, il s'avança dans la cour, suivi du maître d'hôtel. La lune s'était cachée derrière l'écran de nuages, la nuit était complète, opaque. Le vent, qui soufflait par bouffées dans cette espèce de puits que formaient les murs des

---

1. **Dessein** : volonté, projet.
2. **Vous mette à tous les nerfs en pelote** : vous effraie tous.
3. **Parer à** : faire face à.
4. **Gourdins** : bâtons qui servent à frapper.

maisons, faisait vaciller[1] la lumière de leur bougie. Arrivés sous le couvert de l'amphithéâtre, ils s'assirent silencieusement sur les marches pour attendre. On entendait au loin le bourdonnement grave de la capitale, mais un son plus proche se détachait sur cet arrière-plan sonore : celui d'un pas qui allait et venait sans arrêt, sans relâche, sur le plancher du cabinet.

– C'est bien cela, chuchota Poole ; il passe toute la journée et la plus grande partie de la nuit à marcher. Il ne s'interrompt que lorsqu'un nouvel échantillon lui parvient de la pharmacie. Ah ! il doit avoir une bien vilaine conscience pour ne pouvoir dormir ! Toute cette affaire, monsieur, pue le sang ! Mais écoutez, écoutez-moi bien le bruit de ces pas, monsieur Utterson, et dites-moi si c'est là la démarche du docteur !

Le pas était irrégulier, très léger et, malgré sa lenteur, il donnait l'impression d'une élasticité extraordinaire. Rien de plus différent des lourdes et bruyantes foulées du Dr Henry Jekyll. Utterson soupira.

– Et c'est tout ce que l'on entend ? demanda-t-il.

Poole secoua la tête :

– Oui, dit-il, sauf qu'une fois j'ai entendu pleurer.

– Pleurer ! Comment cela ? s'écria l'avoué soudainement horrifié.

– On aurait dit d'une femme ou d'une âme en peine et c'était si triste que j'ai bien failli pleurer moi aussi.

Les dix minutes tiraient à leur fin. Poole alla chercher la hache qui se trouvait sous un tas de paille d'emballage. La bougie fut placée sur la table la plus proche, afin d'éclairer la scène, et les deux hommes, le souffle court, se rapprochèrent de la pièce mystérieuse où ce pas continuel allait, venait et revenait dans le silence nocturne.

– Docteur Jekyll, cria Utterson d'une voix forte. Je veux absolument vous voir.

---

1. **Vaciller** : trembler.

Aucune réponse ! L'avoué reprit :

– Je vous avertis loyalement que nous avons des soupçons. Il faut que je vous voie et je vous verrai, dussé-je employer la force et me mettre en contravention[1] avec la loi !

– Utterson, gémit la voix, pour l'amour de Dieu, ayez pitié !

– Oh, mais, s'écria Utterson, ce n'est pas là la voix du Dr Jekyll… C'est celle de Hyde. Allons-y, Poole, enfonçons la porte !

Poole balança la hache par-dessus son épaule. Le coup s'abattit, faisant frémir[2] toute la demeure, et puis la porte capitonnée de rouge dansa sur ses gonds[3]. Un cri aigu, sinistre, plus semblable à celui d'une bête terrifiée qu'à celui d'une créature humaine, se fit entendre à l'intérieur du cabinet. De nouveau, la hache s'abattit, de nouveau les panneaux craquèrent et le chambranle[4] frémit. Quatre fois encore, la hache tomba, mais le bois était dur, les gonds et la serrure remarquablement solides ; au cinquième coup seulement, la serrure tomba en pièces et la porte démantibulée[5] s'écroula sur le tapis.

Dans le silence qui suivit, les assiégeants[6], effrayés de leur propre vacarme, se reculèrent un peu pour regarder la scène. À leurs yeux s'offrait le confortable cabinet du docteur, dont la lampe répandait une douce clarté et dont l'âtre brûlait joyeusement, tandis qu'une bouilloire chantait sur les chenets. Un ou deux tiroirs du secrétaire étaient ouverts. Des papiers se trouvaient rangés en bon ordre sur le bureau et, tout près du feu, sur une petite table, il y avait tout ce qu'il fallait pour le thé. Quel calme ! N'eût été la présence de grandes vitrines remplies de produits pharmaceutiques, on n'aurait pas pu trouver à Londres séjour plus banal.

---

1. **Contravention** : opposition.
2. **Frémir** : trembler.
3. **Gonds** : charnières soutenant la porte.
4. **Chambranle** : encadrement de la porte.
5. **Démantibulée** : brisée, mise en pièces.
6. **Assiégeants** : ceux qui attaquent.

Au milieu de la pièce gisait un homme affreusement convulsé[1] et dont les membres étaient parcourus d'un dernier spasme. Les deux intrus s'avancèrent sur la pointe des pieds, retournèrent le corps et contemplèrent le visage d'Edward Hyde. Il portait des vêtements bien trop grands pour lui, des vêtements à la taille du docteur. Le visage grimaçait encore d'un semblant de vie, mais le monstre était bien mort. À la vue du flacon serré dans la main du cadavre et à la forte odeur de noyau qui alourdissait l'air, Utterson comprit que le misérable s'était détruit à l'acide prussique[2].

– Trop tard, dit-il d'un air sombre. Nous sommes arrivés trop tard pour sauver ou pour punir. Hyde s'est fait justice ! Il ne nous reste plus qu'à retrouver le corps de votre pauvre maître.

La plus grande partie du bâtiment était occupée par l'amphithéâtre, qui tenait presque tout le rez-de-chaussée et prenait jour par le dessus, ainsi que par le cabinet, en surélévation à l'autre bout, et dont les fenêtres donnaient sur la cour. Un corridor[3] faisait communiquer l'amphithéâtre avec la porte de la ruelle. Le cabinet, de même, avait accès de ce côté, grâce à un deuxième escalier. À part cela, le bâtiment comportait deux ou trois réduits[4] ainsi qu'une vaste cave. Toutes ces pièces furent soigneusement examinées. Pour les réduits, la chose était facile car ils étaient vides et, comme on pouvait s'en rendre compte à la poussière qui tomba lorsqu'on ouvrit, personne n'y avait pénétré depuis des années. Quant à la cave, elle était remplie d'un véritable capharnaüm[5] appartenant, en majeure partie, au chirurgien qui avait habité la maison avant le Dr Jekyll. Les enquêteurs, cependant, eurent tôt fait de se rendre compte

1. **Convulsé** : tordu de douleur.
2. **Acide prussique** : violent poison que l'on trouve dans certains noyaux de fruits.
3. **Corridor** : couloir étroit.
4. **Réduits** : petites pièces.
5. **Capharnaüm** : lieu où s'entassent de nombreux objets en désordre.

que toute recherche y serait vaine[1] lorsqu'ils virent choir[2] devant eux le gros paquet de toiles d'araignée qui en scellait l'entrée depuis des lustres[3]. Du Dr Jekyll, mort ou vivant, pas la moindre trace !

Poole frappa du pied sur les dalles du corridor.

– Il est sûrement enterré là, dit-il, essayant de surprendre un écho.

– À moins qu'il ne se soit enfui, rétorqua Utterson en se retournant pour examiner la porte de la ruelle.

Elle était verrouillée ; par contre, la clef gisait sur les dalles, déjà toute piquée de rouille.

– En voilà une qui n'a guère servi, observa l'avoué.

– Servi ? répéta Poole. Mais, monsieur, ne voyez-vous pas qu'elle est brisée ? Ne dirait-on pas qu'un homme l'a piétinée ?

– C'est exact ! Et regardez-moi ces cassures. Elles sont toutes rouillées également.

Les deux hommes échangèrent un regard terrifié.

– Cela me dépasse, Poole, murmura l'avoué. Rentrons dans le cabinet !

Silencieusement, ils gravirent les marches et, tout en jetant, de temps à autre, un regard anxieux en direction du cadavre, ils se mirent en devoir de pousser leurs investigations[4] dans le cabinet. Sur la table, il y avait certaines traces d'expériences chimiques, deux ou trois petits tas d'un sel blanchâtre, déposé sur des soucoupes de verre. On aurait pu croire que l'expérimentateur avait été arrêté net dans ses manipulations.

– C'est, dit Poole, la même drogue qu'il se faisait apporter constamment.

---

1. **Vaine** : inutile.
2. **Choir** : tomber.
3. **Depuis des lustres** : depuis longtemps.
4. **Investigations** : recherches.

À ce moment précis, l'eau de la bouilloire entra en ébullition et cracha un jet de vapeur. Surpris, les deux hommes tressaillirent[1].

Ceci les ramena vers la cheminée où l'on voyait le fauteuil douillettement[2] placé au plus près du feu et le service à thé à portée convenable. Le sucre était déjà mis dans la tasse ! Il y avait plusieurs livres sur un rayon. L'un d'eux avait été sorti et placé ouvert auprès de la théière. Utterson fut stupéfait de constater qu'il s'agissait d'un ouvrage pieux[3], très estimé du Dr Jekyll, mais dont les marges étaient à présent remplies des plus épouvantables blasphèmes[4], griffonnés de la propre main du praticien.

Poursuivant leur enquête, les deux hommes avisèrent[5] un grand miroir sur pied dans les profondeurs duquel ils se regardèrent avec un sentiment d'horreur involontaire. Pourtant, il était placé de telle façon qu'ils n'y découvraient rien d'autre que la lueur rosâtre se jouant aux solives[6] du plafond, le feu scintillant et réfléchi à l'infini dans les vitrines garnissant la pièce et, enfin, leurs propres visages pâles et défaits, s'inclinant pour s'y mirer.

– Cette glace a dû voir des choses étranges, murmura Poole.

– Rien de plus étrange qu'elle-même, repartit l'avoué à voix basse également. Pourquoi donc Jekyll...

Il se reprit avec un frisson.

– Qu'est-ce que Jekyll pouvait bien faire de cela? demanda-t-il.

– On peut se poser la question, acquiesça Poole.

Ensuite, ils examinèrent la table de bureau. Au-dessus des papiers, bien en ordre, s'apercevait une grande enveloppe jaune portant, de la main même du docteur, le nom de M. Utterson.

---

1. **Tressaillirent** : sursautèrent.
2. **Douillettement** : confortablement.
3. **Pieux** : religieux.
4. **Blasphèmes** : paroles ou écrits qui offensent la religion.
5. **Avisèrent** : remarquèrent.
6. **Solives** : charpente visible.

L'avoué la décacheta et plusieurs documents tombèrent à terre. Le premier était un olographe rédigé dans les mêmes termes excentriques[1] que celui qu'il avait reçu six mois auparavant. Cette pièce était à double emploi ; elle constituait un testament en cas de mort et un acte de donation en cas de disparition subite. Toutefois, en lieu et place du nom d'Edward Hyde, l'avoué, à son grand étonnement, lut celui de Gabriel John Utterson. Il jeta un coup d'œil à Poole et puis il regarda de nouveau les papiers, et enfin le cadavre du misérable gisant[2] sur le tapis.

– La tête me tourne, dit-il. Voilà plusieurs jours qu'il était en possession de ce document. Il n'avait aucune raison particulière de me vouloir du bien, devait être furieux de se voir évincé[3] et pourtant il n'a pas détruit ce testament.

Utterson prit la feuille qui suivait. C'était une courte note de la main du docteur et elle était datée.

– Oh, Poole, s'écria l'avoué, le docteur était ici même aujourd'hui ! Bien vivant ! On n'a pas pu le faire disparaître en si peu de temps ; il doit toujours être en vie. Il a dû s'enfuir ! Et pourtant, pourquoi s'enfuir ? Comment s'enfuir ? Pouvons-nous dans ce cas invoquer le suicide ? Oh, il faut montrer la plus grande attention ! Je prévois que nous allons entraîner votre maître dans une terrible catastrophe.

– Mais pourquoi ne lisez-vous pas ce papier, monsieur ? demanda Poole.

L'avoué prit un air solennel et dit :

– Parce que j'ai peur de le faire. Dieu veuille que mon appréhension soit injustifiée !

Ce disant, il rapprochait le billet de ses yeux et lisait ce qui suit :

---

1. **Excentriques** : contraires aux habitudes.
2. **Gisant** : étendu.
3. **Évincé** : écarté.

Mon cher Utterson,

Quand ceci vous parviendra, j'aurai disparu. Dans quelles circonstances, je ne saurais encore le prévoir; mais mon instinct et la situation sans issue *dans laquelle je me trouve me permettent de dire que ma fin est sûre autant que prochaine. Examinez ces papiers et, d'abord, lisez le mémoire que Lanyon m'a déclaré vouloir placer entre vos mains. Après quoi, si vous avez souci d'être mieux informé, vous voudrez bien parcourir l'humble confession de*

Votre indigne et malheureux ami

Henry Jekyll

– Il y avait donc un troisième pli ? demanda Utterson.

– Le voilà, dit Poole en lui plaçant entre les mains un imposant rouleau porteur de nombreux cachets. L'avoué le mit dans la poche de sa redingote[1].

– Je vous conseille de ne pas parler de cette affaire. Si votre maître a disparu ou s'il est mort, nous pouvons du moins sauver sa réputation. Il est dix heures maintenant. Je dois rentrer à la maison et lire ces documents en paix, mais je serai de retour avant qu'il soit minuit et alors nous irons chercher la police.

Ils sortirent de la pièce, fermant derrière eux la porte de l'amphithéâtre, et Utterson, laissant une fois de plus les serviteurs assemblés autour de l'âtre dans le hall, regagna son bureau afin d'y dire les deux récits qui doivent expliquer le mystère.

1. **Redingote** : manteau large.

Arrêt sur lecture 2

Un quiz pour commencer

Cochez les bonnes réponses.

1 *Le Dr Jekyll fait lire une lettre à M. Utterson. Qui en est l'auteur ?*

- ❒ Danvers Carew.
- ❒ Poole.
- ❒ Hyde.

2 *Quel est le nom du premier clerc d'Utterson ?*

- ❒ Quest.
- ❒ Guest.
- ❒ Fest.

3 *Quelle nouvelle Lanyon annonce-t-il à Utterson ?*

- ❒ Il renonce à la politique.
- ❒ Il ne veut plus entendre parler de Jekyll.
- ❒ Il souhaite vivre à l'étranger.

4 *De quel personnage apprend-on la mort ?*

- ❒ Utterson.
- ❒ Poole.
- ❒ Lanyon.

5 *Quand Utterson doit-il ouvrir la lettre du Dr Lanyon ?*

- ❒ Le lendemain.
- ❒ À la mort ou à la disparition de Jekyll.
- ❒ Au bout d'une semaine.

6 *Qui accompagne Utterson quand il aperçoit Hyde à sa fenêtre ?*

- ❒ Poole.
- ❒ Lanyon.
- ❒ Enfield.

7 *Qui vient chercher Utterson chez lui ?*

- ❒ Jekyll.
- ❒ Poole.
- ❒ Hyde.

8 *Qu'arrive-t-il à Hyde ?*

- ❒ Il disparaît.
- ❒ Il se suicide avec du poison.
- ❒ Il est arrêté par la police.

9 *Qu'arrive-t-il au Dr Jekyll ?*

- ❒ Il part à l'étranger.
- ❒ Il disparaît.
- ❒ On le récompense pour ses travaux.

Des questions pour aller plus loin

→ Observer les manifestations de l'étrange

Une atmosphère angoissante

1 Que ressent M. Utterson à son arrivée chez le Dr Jekyll au début du chapitre 5 ? Citez le texte.

2 Pour quelle raison l'auteur insiste-t-il tant sur la description des lieux ? Recherchez dans le chapitre 8 le passage où Utterson refait le même trajet.

3 Que remarquez-vous sur les moments de la journée où se déroulent les rencontres entre Utterson et Jekyll ? Quelle idée est ainsi suggérée ?

4 Quel mot désigne la maison de Jekyll à la fin du chapitre 6 ? Quel commentaire pouvez-vous faire sur cet emploi ?

5 Est-ce que l'absence de M. Hyde interrompt les malheurs qui touchent les personnages ?

D'insondables mystères

6 Quelle précision apporte Poole à Utterson au sujet de l'origine de la lettre (chapitre 5) ? En quoi cette information contredit-elle la version de Jekyll ?

7 Que révèle l'étude graphologique de la lettre ? Quelle hypothèse émet Utterson ?

8 Relevez les points communs entre l'état physique de Jekyll (chapitre 5) et celui de Lanyon (chapitre 6).

9 Dans le chapitre 6, quelle phrase annonce la mort prochaine du Dr Jekyll ? Retrouve-t-on son corps ?

10 Associez chaque mystère au chapitre attendu.

Hyde porte les vêtements du Dr Jekyll •	
Le mot destiné au pharmacien •	• Chapitre 5
Le témoignage du Dr Lanyon •	• Chapitre 6
Le Dr Jekyll à sa fenêtre •	• Chapitre 7
La lettre signée par M. Hyde •	• Chapitre 8
La disparition de Jekyll •	

Zoom sur le départ pour la maison du Dr Jekyll (chapitre 8, l. 37-55)

11 Quelle information nous donne-t-on sur le moment où Poole vient chercher M. Utterson ?

12 Relevez les différentes précisions météorologiques. Que suggèrent-elles ?

13 **Langue** Quels adjectifs du paragraphe se rapportent à la peur ?

Un dénouement tragique

14 Restituez les informations données sur l'individu qui occupe la chambre du Dr Jekyll (chapitre 8, l. 115 à 323).

Sa voix	
Le son de sa démarche	
Sa taille	

Que déduit Poole de ces informations ?

15 Quelle raison propose Utterson pour expliquer l'attitude du Dr Jekyll ? Relevez la suite d'adjectifs qu'il utilise pour évoquer la situation.

16 Recopiez et complétez ce tableau en précisant quel est le personnage en accord avec l'hypothèse énoncée.

Hypothèses	Poole	Utterson
Jekyll a été assassiné.		
Une bête vit dans la maison.		
C'est Jekyll qui a écrit le mot destiné au pharmacien.		
Le Dr Jekyll est malade.		
Hyde s'est suicidé.		

✔ *Rappelez-vous !*

• Très en vogue au XIXe siècle, **le récit fantastique** ébranle la cohérence **rationnelle** du monde dans lequel évoluent les personnages de l'intrigue. Le **surnaturel** s'immisce peu à peu dans un quotidien désormais perturbé. Dans ce roman, les agissements **inexplicables** du Dr Jekyll et les apparitions **mystérieuses** de M. Hyde alimentent un climat d'étrange angoisse propre au fantastique.

• Ne possédant qu'une partie des informations nécessaires à la résolution de l'affaire, les personnages sont donc en proie à un doute persistant quant à son explication, demeurant incapables de trancher entre l'interprétation **logique** (point de vue d'Utterson) et la version surnaturelle et **diabolique** (point de vue de Poole).

De la lecture à l'expression orale et écrite

Des mots pour mieux s'exprimer

1 ***Reliez les synonymes d'intensité équivalente.***

Épouvante	•	•	Terreur
Appréhension	•	•	Panique
Affolement	•	•	Inquiétude

2 ***Complétez ces expressions à l'aide des mots de la liste.***

coupé | dents | feuille | poule | sueurs

Avoir des _______________ froides.
Claquer des _______________.
Avoir le souffle _______________.
Trembler comme une _______________.
Avoir la chair de _______________.

3 ***Rangez d'un côté les synonymes et de l'autre les antonymes du mot « mystérieux ». Barrez l'intrus.***

clair | énigmatique | évident

inexplicable | irréfutable | limpide | occulte

problématique | sibyllin | ténébreux | terrifiant

Synonymes	Antonymes

4 ***À l'aide du préfixe in- et des verbes suivants, formez des synonymes de l'adjectif « mystérieux ».***

Définir ➜ _ _ _ _ _ _ _ _ _ _ _ _ _ _ _ _ _ _.
Saisir ➜ _ _ _ _ _ _ _ _ _ _ _ _ _ _ _ _ _ _.
Expliquer ➜ _ _ _ _ _ _ _ _ _ _ _ _ _ _ _ _ _ _.
Comprendre ➜ _ _ _ _ _ _ _ _ _ _ _ _ _ _ _ _ _ _.
Exprimer ➜ _ _ _ _ _ _ _ _ _ _ _ _ _ _ _ _ _ _.

5 ***Formez des synonymes du mot « énigmatique » en réunissant chaque préfixe au radical attendu.***

Préfixe : a | extra | in | ir

Radical : concevable | normal | ordinaire | réel

La parole est à vous

6 *Inventez des listes de synonymes.*

Consignes. Formez des groupes de deux. Chacun à votre tour, donnez un synonyme de l'adjectif « mystérieux » qui commence par le préfixe in-. Le vainqueur est celui qui trouvera le plus de mots.

7 *Lisez avec une tonalité expressive la lettre du Dr Lanyon.*

Consignes. Constituez des groupes de quatre élèves. Relisez puis recopiez la réponse qu'écrit le Dr Lanyon à Utterson en veillant à retirer les éléments extérieurs à la lettre. Placez-vous en cercle. À tour de rôle, lisez une phrase et attendez que votre tour revienne. Adoptez votre débit et votre intonation au registre du texte.

8 *Mettez en scène l'intégralité du chapitre 7.*

Consignes. Formez des groupes de trois et répartissez-vous les rôles de Jekyll, d'Utterson et d'Enfield. Relisez l'intégralité du chapitre 7 et recopiez les passages dialogués. Respectez le bouleversement du Dr Jekyll ainsi que le passage de l'enthousiasme initial de la conversation entre Utterson et Enfield à la mélancolie finale. La mise en scène devra intégrer des déplacements qui simulent la rencontre et la séparation.

À vous d'écrire

9 ***Imaginez la lettre que le Dr Jekyll dit avoir reçue de M. Hyde et qu'il remet à Utterson.***

Consigne. Relisez le chapitre 5 et cherchez les informations qui évoquent le contenu de la lettre. Respectez les indications données. Votre texte ne devra pas excéder cinq lignes. Celui-ci doit être écrit à la première personne du singulier. Vous emploierez le présent de l'indicatif, le futur et le passé composé.

10 ***Écrivez l'interview que donne M. Hyde à un journaliste qui parvient à le retrouver.***

Consigne. Résumez les informations connues sur le personnage de Hyde. Définissez clairement son caractère. Votre texte doit prendre la forme d'un dialogue fictif dans lequel le journaliste cherche à comprendre les motivations du criminel. Pensez à restituer la brutalité verbale de Hyde.

Pour vous aider, allez consulter l'interview de Stevenson p. 169. Vous pouvez aussi consulter des interviews de personnes célèbres sur Internet.

Du texte à l'image

Histoire des arts

Jekyll (Tom Bateman) dans *Jekyll and Hyde* de Charlie Higson, 2015.

➡ **Image reproduite en couverture.**

Lire l'image

1 Décrivez les personnages qui s'affichent au premier plan (vêtements, visage, posture).

2 Quel personnage vous semble le plus inquiétant ? Justifiez votre réponse. Qu'en déduisez-vous sur son identité ?

Comparer le texte et l'image

3 Quels éléments situés à l'arrière-plan renforcent l'angoisse et le mystère ?

4 Selon vous, l'époque à laquelle se déroule l'histoire de cette série correspond-elle à celle du roman de Stevenson ? Sur quels détails pouvez-vous vous appuyer ?

À vous de créer

5 En vous documentant sur Internet, recherchez des œuvres d'art de la fin du XIXe siècle ou issues de l'expressionnisme allemand du XXe siècle qui pourraient décorer l'intérieur de l'appartement de M. Hyde. Insérez ensuite vos illustrations autour du personnage situé au premier plan de l'image.

Chapitre 9

Le récit du Dr Lanyon

Le 9 janvier, il y a maintenant quatre jours, je reçus à la distribution du soir un pli recommandé que m'adressait mon collègue et ancien condisciple[1], Henry Jekyll. J'en fus grandement surpris, car nous n'avions pas l'habitude de correspondre. J'avais vu le docteur et avais même dîné avec lui la veille au soir. Je ne pouvais rien imaginer dans tous nos rapports présents et passés qui pût justifier l'envoi d'un message recommandé. La teneur de la lettre augmenta encore mon étonnement. Ainsi disait-elle :

Mon cher Lanyon,

Vous êtes un de mes plus vieux amis et bien que nous ayons quelquefois différé d'opinion[2] *sur certaines questions scientifiques, je ne puis, pour ma part, me rappeler aucun relâchement dans notre mutuelle affection. Si un jour vous m'aviez dit : « Jekyll, ma vie, mon honneur, ma raison dépendent de vous », j'aurais immédiatement sacrifié toute ma fortune pour vous aider. Aujourd'hui, Lanyon, ma vie, mon honneur, ma raison sont à votre merci ; si vous me manquez de parole ce soir, je suis perdu, irrémédiablement*[3] *perdu ! Vous allez supposer, après de telles paroles, que je suis venu vous demander d'accomplir une action malhonnête. Ce n'est point le cas. Jugez-en vous-même !*

---

1. **Condisciple** : camarade d'études.
2. **Différé d'opinion** : eu une opinion différente.
3. **Irrémédiablement** : d'une manière définitive.

Je veux que, pour ce soir, vous ajourniez[1] *tout autre engagement. Oui, mon ami, même si l'on vous appelait au chevet d'un empereur ! Ensuite, je vous demanderai de prendre un fiacre, à moins que votre voiture ne vous attende déjà à votre porte et, avec cette lettre en main afin que vous puissiez être reçu, je vous prie de venir tout droit chez moi. Poole, mon maître d'hôtel, a reçu des ordres. Vous le trouverez à la maison où il vous attendra en compagnie d'un serrurier. Vous devrez forcer la serrure de mon cabinet. Attention ! Il vous faudra entrer seul ! Seul, vous ouvrirez la vitrine numérotée 5 à main gauche, quitte à briser la serrure si, par hasard, elle est fermée. Ensuite, vous tirerez le quatrième tiroir à partir du haut ou le troisième à partir du bas (c'est la même chose) et vous l'emporterez avec* tout ce qu'il contient sans toucher à quoi que ce soit. *Dans l'angoisse qui m'étreint l'esprit, j'éprouve une crainte morbide de vous induire en erreur ; mais, même si je me trompe, vous reconnaîtrez le bon tiroir à ce qu'il contient : quelques sachets de poudre, une fiole et un cahier de papier. Transportez ce tiroir chez vous, à Cavendish Square, dans l'état exact où il se trouve.*

Voici le premier service que je vous demande. Voyons maintenant le second ! Si vous partez à réception de ce billet, vous serez de retour chez vous bien avant minuit. Toutefois, j'entends vous laisser une telle marge de temps, non seulement par crainte d'un empêchement imprévisible, mais parce qu'il est préférable que vos serviteurs soient couchés lorsque vous ferez ce qu'il vous reste à faire. À minuit donc, je vous demande d'être seul dans votre cabinet de consultation, de faire entrer vous-même dans votre logis un homme qui se présentera de ma part et de placer dans ses mains le tiroir que vous aurez rapporté de chez moi. Alors, vous aurez joué votre rôle et vous aurez acquis toute ma gratitude[2]*. Cinq minutes plus tard, si du moins vous insistez pour avoir une explication, vous aurez compris que ces dispositions sont d'une importance capitale et qu'en négligeant l'une ou l'autre d'entre*

1. **Ajourniez** : remettiez à plus tard.
2. **Gratitude** : reconnaissance.

elles, si bizarres qu'elles puissent vous paraître, vous auriez pu vous charger la conscience de ma propre mort ou de la perte de ma raison.

Convaincu que vous ne prendrez pas cet appel à la légère, je sens pourtant mon cœur défaillir et ma main trembler à la simple supposition d'une telle possibilité. Pensez qu'à cette heure même je suis dans une situation sans *précédent*[1]*, accablé par une détresse si profonde qu'aucune imagination ne saurait l'exagérer et cependant bien certain que si vous voulez suivre de bout en bout mes instructions, mes soucis se dénoueront comme une comédie qui s'achève. Aidez-moi, mon cher Lanyon, et sauvez*

Votre ami,

H. J.

P.-S. : J'avais déjà cacheté ce pli quand mon esprit s'est trouvé assailli d'une nouvelle terreur. Il est possible que la poste ait une défaillance et que cette lettre ne vous atteigne pas avant demain matin. Dans ce cas, mon cher Lanyon, faites ce dont je vous ai chargé à l'heure qui vous conviendra le mieux au cours de la journée ; et, une fois encore, attendez mon messager à minuit. Il se peut qu'il soit déjà trop tard et, si cette nuit-là se passe sans événement, vous saurez alors que votre ami Henry Jekyll est à jamais disparu de la scène de ce monde.

Après avoir lu cette lettre, j'eus la conviction que mon collègue était devenu fou, mais, tant qu'une telle conjecture[2] n'aurait pas été prouvée par les faits, je me sentais tenu en conscience de faire ce qu'il me demandait. Plus cet imbroglio[3] me paraissait incompréhensible, plus je me voyais incapable de juger de son importance ; au demeurant[4], un appel ainsi libellé[5] ne pouvait pas être écarté sans que j'encourusse[6] une responsabilité grave.

---

1. **Sans précédent** : unique.
2. **Conjecture** : hypothèse.
3. **Imbroglio** : situation confuse, embrouillée.
4. **Au demeurant** : cependant.
5. **Libellé** : rédigé.
6. **Encourusse** : verbe *encourir* (signifiant *risquer*) conjugué au subjonctif imparfait.

Je me levai donc de table, pris un fiacre et m'en allai tout droit chez le Dr Jekyll. Le maître d'hôtel m'attendait; il avait reçu, par le même courrier que le mien, une lettre recommandée lui enjoignant des consignes impératives et il avait même immédiatement alerté un serrurier et un menuisier.

Les deux artisans arrivèrent pendant que nous causions et nous nous rendîmes, tous ensemble, à l'amphithéâtre du vieux Dr Denman, amphithéâtre d'où, comme vous le savez, il est très facile d'accéder au cabinet du Dr Jekyll. La porte était très solide, excellente la serrure! Le menuisier confessa qu'il aurait beaucoup à faire et qu'il abîmerait bien des choses si l'on devait recourir à la force; et le serrurier désespérait presque d'arriver au bout de sa tâche. Toutefois, c'était un garçon adroit et, après deux heures de travail, la porte fut ouverte. La vitrine marquée 5 n'était pas fermée à clef; ainsi je sortis le tiroir sans difficulté, le fis remplir de paille, l'emballai dans un drap et l'emportai à Cavendish Square.

Là, je me mis en devoir d'en examiner le contenu. Les paquets de poudre étaient confectionnés d'une façon assez adroite, mais non avec la sûreté de main qui distingue le pharmacien professionnel. J'en conclus que le Dr Jekyll les avait pliés lui-même et, quand j'ouvris un des sachets, j'y trouvai ce qui me parut être un simple sel cristallin[1] de couleur blanche.

La fiole sur laquelle je portai ensuite mon attention était à demi pleine d'un liquide rouge sang d'une odeur très piquante; à mon avis, il devait comporter du phosphore[2] et quelque espèce d'éther[3] volatil[4]; quant aux autres ingrédients, je ne pouvais rien conjecturer[5] à leur égard.

Le cahier était de papier très ordinaire et ne contenait qu'une succession de dates. Elles se répartissaient sur de nombreuses

1. **Cristallin**: qui a l'aspect et l'éclat du cristal.
2. **Phosphore**: élément chimique.
3. **Éther**: liquide incolore et inflammable utilisé dans les sciences et la médecine.
4. **Volatil**: qui s'évapore facilement.
5. **Conjecturer**: supposer.

années, mais j'observai que les inscriptions avaient cessé depuis environ un an et tout à fait brusquement. Çà et là, on avait ajouté une brève annotation ; généralement, elle consistait en ce seul mot : *double*, qui se présentait peut-être six fois sur un total de plusieurs centaines de dates. Une fois, presque au début de la liste, on pouvait lire cette note : *échec total*, suivie de plusieurs points d'exclamation.

Tout cela, encore que ma curiosité s'en trouvât fort intriguée, ne m'apprenait rien de bien précis. Il y avait là une fiole contenant une certaine mixture, des sachets d'un sel banal et les minutes d'une série d'expériences qui n'avaient abouti (comme c'était trop souvent le cas dans les recherches du Dr Jekyll) à aucun résultat positif. Comment la présence de ces objets dans ma propre maison pouvait-elle affecter[1] l'honneur, la santé mentale ou la vie de mon fantasque collègue ? Pourquoi son messager, s'il pouvait aller à un endroit, ne pouvait-il pas se rendre à un autre ? Pour quelle raison, et dans l'hypothèse même d'un empêchement, étais-je tenu de recevoir ce monsieur en secret ? Tout cela m'échappait et, plus j'y réfléchissais, plus j'étais convaincu qu'il s'agissait d'un cas d'aliénation[2] mentale. Tout de même, j'envoyai mes domestiques se coucher, mais je chargeai un vieux revolver au cas où je dusse me trouver dans l'obligation de me défendre.

Minuit avait à peine sonné à toutes les horloges de Londres que j'entendis le marteau de ma porte retentir discrètement. J'allai moi-même ouvrir et me trouvai face à face avec un petit homme blotti[3] contre un des piliers du porche.

– Est-ce de la part du Dr Jekyll ? demandai-je.

– Oui, me dit-il, tout en esquissant un geste gêné.

Et, quand je le priai de monter, il ne m'obéit pas sans jeter un long regard en arrière dans l'obscurité du square. Non loin de

1. **Affecter** : modifier.
2. **Aliénation** : folie.
3. **Blotti** : recroquevillé.

là, je devinai un agent de police qui s'avançait avec sa lanterne sourde et, à sa vue, j'eus l'impression que mon visiteur nocturne avait hâte de rentrer.

Ce détail me donna, je l'avoue, une impression déplaisante et, comme je le suivais dans la brillante lumière de ma salle de consultation, je gardai la main crispée sur mon arme. Là, du moins, j'eus l'occasion de le voir convenablement.

C'était, à coup sûr, la première fois que je jetais les yeux sur cet homme. Il était petit, ainsi que je l'ai dit plus haut; mais, surtout, je fus frappé par l'expression choquante de sa physionomie, la remarquable synthèse qu'il présentait d'une grande activité musculaire et d'une troublante débilité[1] de constitution, et enfin – ce qui n'était pas là le moindre paradoxe – par le malaise bizarre et probablement purement subjectif que sa présence me causait. Essayant d'analyser mes sensations, j'y distinguais une tendance à la contracture[2] et une diminution marquée de mes pulsations. À ce moment-là, je mis cet effet sur le compte d'une antipathie[3] instinctive, purement personnelle, et m'étonnai seulement de l'acuité[4] de tels symptômes. Depuis lors, j'ai changé d'avis et j'ai quelque raison de croire que la cause du phénomène se trouvait dans la nature intime de l'individu et qu'elle procédait d'un mobile plus noble que la haine.

Cet être qui, depuis le moment où il était entré chez moi, avait éveillé dans mon esprit ce que je puis seulement appeler une curiosité mêlée de dégoût, était accoutré[5] d'une telle façon qu'elle en aurait rendu ridicule une personne ordinaire.

Ses habits, bien qu'ils fussent d'une étoffe de bonne qualité et de couleur sombre, étaient beaucoup trop grands pour lui sous tous les rapports; le pantalon flottait sur ses jambes et il avait

1. **Débilité**: faiblesse.
2. **Contracture**: tension musculaire.
3. **Antipathie**: répugnance.
4. **Acuité**: qualité de perception.
5. **Accoutré**: vêtu.

été obligé d'en rouler le bas pour l'empêcher de traîner sur le sol; la taille du veston lui tombait bien en dessous des hanches et le col bâillait[1] largement sur ses épaules. Chose étrange, cet accoutrement grotesque était loin d'exciter[2] mon hilarité[3]. Mais plutôt, comme il y avait, dans l'essence[4] même de la créature qui me faisait face, un élément d'anomalie et de monstruosité, un je-ne-sais-quoi de saisissant, de surprenant et de révoltant, cette nouvelle dissemblance[5] ne paraissait que confirmer et renforcer le caractère souverainement[6] désagréable de l'intrus. En définitive, à l'intérêt qu'éveillaient en moi la nature et le caractère de l'homme s'ajoutait une certaine curiosité quant à son origine, sa vie, sa fortune et sa situation sociale.

Ces observations, bien que prenant beaucoup de temps à transcrire[7], n'exigèrent, sur le moment, que quelques secondes. Mon visiteur, en fait, semblait brûler d'une sombre passion.

– L'avez-vous? s'écria-t-il. L'avez-vous?

Il était si impatient qu'il posa même sa main sur mon bras en essayant de me secouer. Je me dégageai, éprouvant à son contact une sorte de spasme[8] glacial.

– Allons, monsieur, lui dis-je, vous oubliez que je n'ai pas encore eu le plaisir de vous être présenté. Asseyez-vous, s'il vous plaît!

Je lui donnai l'exemple en prenant place dans mon fauteuil habituel et en essayant d'assumer l'attitude professionnelle du médecin consultant, pour autant que l'heure tardive, la nature de mes préoccupations et l'horreur que m'inspirait la vue de mon visiteur me permettaient de le faire.

---

1. **Bâillait**: était entrouverte.
2. **Exciter**: déclencher.
3. **Hilarité**: gaieté incontrôlable.
4. **Essence**: nature (d'un individu).
5. **Dissemblance**: différence affirmée.
6. **Souverainement**: totalement.
7. **Transcrire**: rapporter par écrit.
8. **Spasme**: contraction nerveuse.

– Je vous demande pardon, docteur Lanyon, répondit-il assez poliment. Ce que vous dites est bien fondé et mon impatience a failli me rendre impoli. Je viens ici sur les instances de votre collègue, le Dr Henry Jekyll, afin d'accomplir une mission de quelque importance et j'ai compris…

Il fit une pause, porta la main à sa gorge et je pus voir qu'en dépit de son calme apparent, il luttait contre les premiers symptômes d'une attaque de nerfs.

– J'ai compris, docteur Lanyon, qu'un certain tiroir…

Sur ces entrefaites, j'eus pitié de l'anxiété de mon visiteur et, voulant aussi satisfaire ma curiosité croissante :

– Le voici, monsieur, dis-je en montrant du doigt le tiroir qui, toujours enveloppé dans son drap, gisait sur le plancher derrière une table.

Il se jeta dessus, puis hésita et posa la main sur son cœur ; je pouvais l'entendre grincer des dents et son visage était si effroyable que je craignis à la fois pour sa vie et pour sa raison.

– Du calme, du calme ! lui dis-je.

Il m'adressa un piteux[1] sourire et, comme mû[2] par l'énergie du désespoir, il arracha le drap. À la vue du contenu, il fit entendre un bruyant sanglot exprimant un soulagement si considérable que j'en restai pétrifié[3]. Et, le moment d'après, d'une voix redevenue assez normale :

– Avez-vous un verre gradué ? demanda-t-il.

Je me levai de ma chaise avec effort et lui donnai ce qu'il demandait. Il me remercia avec un sourire et un petit signe de tête, versa quelques centimètres cubes du liquide rouge sang et y ajouta le contenu d'un des sachets de poudre. Le mélange, qui avait pris d'abord une teinte jaune sale, commença, au fur et à mesure de la dissolution des cristaux, à s'éclaircir, puis il

1. **Piteux** : pitoyable.
2. **Mû** : animé.
3. **Pétrifié** : figé (comme la pierre).

entra en effervescence[1], exhalant[2] une fumée légère. Soudain, l'ébullition cessa et, à ce même moment, le liquide assuma[3] une teinte violacée qui, plus lentement cette fois-ci, vira au vert glauque[4]. Mon visiteur, qui avait examiné ces métamorphoses avec une attention soutenue, esquissa un sourire puis, reposant le verre sur la table, il se tourna vers moi et me regarda d'un air interrogateur :

– Et maintenant, dit-il, nous allons régler les comptes. Voulez-vous apprendre quelque chose ? Voulez-vous vous laisser instruire ? Voulez-vous, au contraire, me permettre de prendre ce verre en main et de m'en aller de chez vous sans en dire davantage ? Ou bien alors, le démon de la curiosité a-t-il trop de prise sur vous ? Réfléchissez-y, car de votre réponse dépend la suite de l'affaire. Selon ce qu'il vous plaira de décider, vous resterez dans l'ignorance et ne serez ni plus riche ni plus sage, à moins que la satisfaction d'avoir rendu service à un homme dans une mortelle angoisse puisse être comptée comme une des richesses de l'âme. Ou alors, si vous préférez l'autre solution, une nouvelle province de la science et de nouvelles voies vers la gloire et la puissance s'ouvriront pour vous, ici même, dans cette pièce et à cet instant. Votre vue sera frappée d'un tel prodige que Satan lui-même en sentirait vaciller son incrédulité[5].

– Monsieur, dis-je, affectant un sang-froid[6] que j'étais bien loin de posséder, vous parlez par énigmes et vous ne serez peut-être pas très étonné si je n'ajoute pas grande foi à vos dires, mais je me suis déjà prêté à trop de services bizarres pour m'arrêter en si bon chemin. Voyons la fin de votre expérience !

---

1. **Effervescence** : phénomène chimique caractérisé par l'apparition de bulles.
2. **Exhalant** : produisant.
3. **Assuma** : ici, prit.
4. **Vert glauque** : vert blanchâtre.
5. **Votre vue sera frappée d'un tel prodige que Satan lui-même en sentirait vaciller son incrédulité** : vous allez assister à un phénomène capable de perturber le diable lui-même.
6. **Sang-froid** : calme.

– C'est bien ! répliqua mon visiteur. Lanyon, vous vous rappelez votre serment d'Hippocrate[1] ? Sachez que ce qui va suivre reste sous le secret professionnel. Et maintenant, vous qui avez si longtemps professé[2] des vues étroites et matérialistes[3], vous qui avez nié les vertus de la médecine transcendantale[4], vous qui vous êtes moqué de vos supérieurs... Voyez !

Il porta le verre à ses lèvres et en vida le contenu en une seule gorgée. Un cri suivit ; l'homme chancela sur ses jambes, fit quelques gestes désordonnés, puis s'agrippa à la table où il se cramponna fermement. Il avait les yeux injectés de sang et sa bouche ouverte haletait[5] d'une façon horrible. Comme je le regardais, je crus voir un changement se produire. Il sembla grandir, grossir et, sur son visage devenu subitement noir, je vis les traits se fondre et s'altérer. Le moment d'après, j'avais bondi sur mes pieds et reculais contre le mur, levant le bras pour me protéger de ce prodige, l'esprit submergé de terreur.

– Seigneur Dieu ! m'écriai-je. Seigneur Dieu, est-ce possible ?

Là, devant mes yeux, pâle et frissonnant, à demi évanoui et tâtonnant devant lui comme un Lazare[6] sortant du sépulcre[7] se tenait... le Dr Henry Jekyll !

Ce qu'il me raconta au cours de l'heure suivante, je ne puis me décider à l'écrire. Ce que j'ai vu, je l'ai vu, ce que j'ai entendu, je l'ai entendu, mais mon âme en a la nausée et pourtant, maintenant que cette vision s'est évanouie à mes regards, je me demande si, véritablement, j'y crois et, voyez-vous, je ne puis répondre. Ma vie est ébranlée[8] jusque dans ses racines, le sommeil m'a quitté, une terreur, la plus horrible des terreurs me hante à toute heure

1. **Serment d'Hippocrate** : serment prêté par les médecins.
2. **Professé** : exprimé, enseigné.
3. **Matérialistes** : liées aux choses matérielles.
4. **Transcendantale** : rationnelle.
5. **Haletait** : respirait bruyamment.
6. **Lazare** : personnage biblique connu pour être revenu d'entre les morts.
7. **Sépulcre** : tombe.
8. **Ébranlée** : bouleversée.

du jour et de la nuit. Je sens que mes jours sont comptés et que je devrai mourir ; néanmoins, je mourrai incrédule. Quant aux turpitudes morales que cet homme m'a dévoilées avec, certes, d'abondantes larmes de repentir, je n'y puis songer sans un frisson d'horreur. Je n'ai qu'une chose à dire, Utterson, mais cette chose – si vous voulez bien y croire – sera plus que suffisante. L'être qui s'est introduit dans ma maison cette nuit-là, était, de l'aveu même de Jekyll, connu sous le nom de Hyde et traqué aux quatre coins de ce pays comme étant l'assassin de Carew.

Hastie Lanyon

Chapitre 10

Le Dr Jekyll s'explique

Je suis né en l'année 18..., à la tête d'une fortune considérable, doué par ailleurs d'excellentes aptitudes[1] intellectuelles, naturellement enclin au[2] travail et désireux d'obtenir l'estime des gens sages et vertueux; de plus, comme on peut bien le supposer, j'avais devant moi des perspectives d'avenir honorables et brillantes. À tout prendre, le pire de mes défauts était un certain besoin de plaisirs, ce qui, au train dont va le monde, n'est pas très grave en effet, mais me donnait de l'inquiétude, car je trouvais difficile de concilier[3] cette inclination[4] avec un impérieux[5] désir de porter la tête haute et d'affecter[6] en public une allure un peu plus grave qu'il n'aurait fallu. Cela m'incita donc à cacher mes plaisirs et, dès que j'atteignis l'âge de la réflexion et que je commençai à regarder autour de moi, à envisager mes progrès et ma position dans le monde, je me trouvai déjà en proie à une profonde dualité[7] mentale. Beaucoup d'hommes auraient tiré vanité[8] des peccadilles[9] que je commettais alors, mais, avec les

1. **Aptitudes**: capacités reconnues.
2. **Enclin au**: prédisposé au.
3. **Concilier**: rapprocher des choses opposées.
4. **Inclination**: penchant naturel.
5. **Impérieux**: auquel on ne peut résister.
6. **Affecter**: manifester.
7. **Dualité**: caractère double.
8. **Vanité**: orgueil.
9. **Peccadilles**: péchés sans gravité.

hautes conceptions morales que j'entretenais, je ne pouvais que les dissimuler avec un sentiment presque morbide de honte. Ce fut la noblesse de mes aspirations plutôt qu'une dégradation morale particulière qui fit de moi ce que je suis devenu et qui, peu à peu, élargit dans mon âme le fossé qui sépare les domaines du bien et du mal, ces deux composantes de la nature humaine. Dans ces circonstances, je fus amené à réfléchir intensément sur cette dure loi de la vie qui se trouve à la base de toute religion et qui constitue une source d'angoisses inépuisable.

Bien que jouant un double jeu subtil, je n'avais rien d'un hypocrite ; j'étais infiniment sérieux sous l'un et l'autre de ces deux aspects de ma nature. Je n'étais pas moins moi-même quand j'abandonnais toute réserve et me plongeais dans l'orgie et le stupre que lorsque je travaillais, en pleine lumière, aux progrès de la science et au soulagement des misères humaines. Il advint, au surplus, que les études scientifiques dans lesquelles je m'étais engagé, et qui menaient directement au mysticisme[1] et à la transcendance[2], prirent une tournure inattendue et illuminèrent d'une clarté éblouissante cette conscience que nous portons en nous d'une guerre perpétuelle entre ces tendances.

Jour après jour, à la fois par le côté moral et le côté intellectuel de mon esprit, je m'acheminais régulièrement vers cette vérité dont la découverte partielle devait me condamner à un si terrible naufrage[3]. L'homme, en arrivai-je à conclure, n'est pas un être unique, mais un être double, je dis double parce que ma propre connaissance ne va pas au-delà de ce point. D'autres investigateurs[4] me dépasseront sans doute dans ce genre d'étude et je puis déjà prévoir que l'on finira par reconnaître que la nature humaine est multiple, faite d'une véritable réunion d'individus indépendants et sans rapport les uns avec les autres. Pour ma

---

1. **Mysticisme** : ici, croyance irrationnelle.
2. **Transcendance** : ce qui dépasse la compréhension humaine.
3. **Naufrage** : ici, malheur.
4. **Investigateurs** : personnes en charge d'enquêter.

propre part, et en raison même de la nature particulière de mon existence, j'avançais infailliblement[1] dans une direction et seulement dans une. Ce fut du point de vue moral et en ma propre personne que j'appris à reconnaître la dualité primordiale[2] et incontestable de l'homme ; je m'aperçus que, si l'on pouvait croire que je fusse l'une ou l'autre de ces deux natures aux prises dans le champ clos de ma propre conscience, c'était seulement parce que ma personnalité était faite de l'une et de l'autre ; et dès le début, avant même que mes découvertes scientifiques eussent commencé à me faire entrevoir la moindre possibilité d'un pareil miracle, j'avais appris à me complaire[3], comme dans un rêve éveillé favori, à la pensée de séparer ces deux éléments.

Je me disais : « Si chacun d'entre eux pouvait être localisé dans une personnalité distincte, la vie serait libérée de tout ce qui nous est insupportable ; le méchant suivrait sa voie sans crainte, délivré des aspirations et des remords de sa meilleure conscience ; et le juste s'avancerait fermement et sûrement sur le chemin de la perfection, faisant le bien dans lequel il trouve son plaisir et sans s'exposer davantage à la honte et aux remords par les actes de son mauvais génie. C'était le fléau de l'humanité que ces deux fagots de bois[4] différents fussent attachés ensemble et que, dans l'angoisse qui fait le fond de notre conscience, ces deux frères ennemis dussent toujours et constamment lutter entre eux. Mais voilà ! Comment les dissocier ? »

J'en étais arrivé là dans mes cogitations[5] lorsque, ainsi que je l'ai dit tout à l'heure, mes expériences de laboratoire commencèrent à jeter un jour cru[6] sur le sujet. Mieux que tout ce que j'avais pu lire sur la question, elles me firent comprendre à

1. **Infailliblement** : à coup sûr.
2. **Primordiale** : première, primitive.
3. **Me complaire** : trouver du plaisir dans.
4. **Fagots de bois** : ensemble de fines branches reliées entre elles par une corde.
5. **Cogitations** : réflexions.
6. **Un jour cru** : un éclairage vif.

quel point ce corps humain d'apparence si ferme, dans lequel nous nous enveloppons, peut être immatériel, insubstantiel[1], tout pareil à un brouillard matinal que le soleil vient disperser. Je constatai que certains produits avaient la puissance de secouer et de jeter à bas cette enveloppe charnelle[2], de même que le vent agite et emporte une légère toile de tente. Pour deux raisons majeures, je n'entrerai pas dans le détail de mon expérimentation. D'abord, parce que j'ai appris à mes dépens que notre destinée et le fardeau de notre vie sont à jamais liés à nos épaules et que, lorsque nous essayons de nous en débarrasser, ils nous reviennent avec un poids plus accablant et plus horrible. Ensuite, ainsi que mon récit le fera, hélas ! trop bien voir, parce que mes découvertes étaient incomplètes. Bref, non seulement je m'aperçus que mon corps n'était que la simple émanation[3] de certains pouvoirs de mon âme, mais encore je m'arrangeai pour composer une drogue, grâce à laquelle ces pouvoirs seraient dépouillés de leur suprématie. De la sorte, une seconde enveloppe charnelle apparaîtrait, laquelle ne me serait pas moins naturelle, puisqu'elle constituerait l'expression et porterait la marque des éléments inférieurs de mon moi.

J'hésitai longuement avant de mettre cette théorie à l'épreuve de la pratique. Je savais fort bien que je courais un danger mortel, car toute drogue capable d'ébranler à ce point la forteresse de l'individualité pouvait, à la moindre erreur de dose ou de temps au moment de l'absorption, désintégrer complètement ce tabernacle[4] insubstantiel que je lui demandais de transformer. Mais la tentation de mettre à profit une découverte si singulière et si grosse de conséquences triompha enfin de mes appréhensions.

J'avais depuis longtemps préparé ma potion. J'achetai immédiatement, chez un grossiste en pharmacie, une importante quantité

1. **Immatériel, insubstantiel** : qui ne possède pas de substance palpable.
2. **Charnelle** : liée au corps.
3. **Émanation** : résultat.
4. **Tabernacle** : coffre sacré (désigne ici le corps du Dr Jekyll).

de certain sel qui, ainsi que mes expériences me l'avaient appris, constituait le dernier ingrédient nécessaire. Très tard, par une nuit maudite, je mélangeai les éléments, assistai à leur ébullition dans le verre ; puis, quand toute fumée eut disparu, je pris mon courage à deux mains et, d'un seul coup, avalai la mixture[1].

Suivirent les douleurs les plus effroyables. Je sentis mes os se désagréger[2] ; je fus pris de terribles vomissements, en même temps que j'éprouvais une angoisse dont l'intensité égale certainement celle qui préside à notre naissance ou à notre mort. Peu à peu, ces affres[3] commencèrent à disparaître et je revins à moi avec l'impression que l'on éprouve au sortir d'un grave évanouissement. Il y avait quelque chose d'étrange dans mes sensations, quelque chose d'ineffablement[4] neuf et, en raison de sa nouveauté même, d'une douceur incroyable. Je me sentais plus jeune, plus léger, plus leste. Intérieurement, j'avais conscience d'une capiteuse[5] insouciance, d'un courant d'images sensuelles désordonnées qui me trottaient par l'imagination comme un carrousel[6] endiablé, un affranchissement[7] de tout sens du devoir, une liberté inouïe, mais non point innocente de l'âme. Je me reconnus, dès les débuts mêmes de cette nouvelle vie, dix fois plus pervers, dix fois plus méchant, dix fois plus esclave du péché originel[8] ; et cette pensée, à ce moment-là, me réconforta et m'enivra comme un vin généreux. J'étendis les mains, exultant dans la nouveauté de ces sensations et, tout à coup, je m'aperçus que j'étais devenu plus petit.

---

1. **Mixture** : potion.
2. **Se désagréger** : se dissoudre.
3. **Affres** : grandes frayeurs.
4. **Ineffablement** : sans que l'on puisse l'exprimer.
5. **Capiteuse** : enivrante.
6. **Carrousel** : manège de chevaux de bois.
7. **Affranchissement** : libération.
8. **Péché originel** : selon la religion chrétienne, premier péché d'Adam et Ève, responsable de toutes les souffrances humaines.

À cette époque, il n'y avait pas de miroir dans mon cabinet. Celui qui se trouve à côté de moi, pendant que j'écris ces lignes, n'a été apporté que plus tard dans le dessein[1] d'observer ces transformations. La nuit, cependant, avait graduellement[2] fait place au crépuscule[3] du matin, un crépuscule sombre, mais qui annonçait néanmoins l'imminente apparition du jour. Les hôtes de ma demeure reposaient encore dans les liens du sommeil. Dans l'ivresse de mon triomphe, je me décidai, sous ma nouvelle forme, à gagner ma chambre à coucher. Je traversai la cour où, du haut du ciel, les constellations devaient regarder avec stupéfaction[4] le premier individu d'une espèce sans précédent. Je me faufilai à travers les couloirs, étranger dans ma propre demeure, et, arrivant à ma chambre, je vis, pour la première fois, apparaître Edward Hyde.

Ici, je dois parler dans l'abstrait et dire, non point ce que je sais, mais ce qui me semble le plus probable. Le mauvais côté de ma nature, dans lequel je m'étais à présent incarné, était moins robuste[5] et, partant[6], moins développé que le bon côté dont je venais de faire disparaître le symbole charnel. Dans le cours de mon existence qui, après tout, avait été, pour les neuf dixièmes, consacrée à l'effort, à la vertu et à la maîtrise de soi, mon second moi n'avait pas trouvé beaucoup d'occasions pour s'exercer; par contre, il était plus jeune, plus dispos[7]. Ainsi n'y avait-il rien d'étonnant qu'Edward Hyde, le criminel, fût beaucoup plus petit, beaucoup plus mince et beaucoup plus jeune que Henry Jekyll, l'honnête homme; de même que le bien illuminait le visage de l'un, de même le mal s'inscrivait en stigmates[8] larges et bien

1. **Dessein**: but.
2. **Graduellement**: progressivement.
3. **Crépuscule**: moment entre la nuit et le jour.
4. **Stupéfaction**: surprise.
5. **Robuste**: résistant.
6. **Partant**: par conséquent.
7. **Dispos**: en bonne santé.
8. **Stigmate**: marque laissée sur la peau.

visibles sur la face de l'autre. En outre, le mal – qui, je persiste à le croire, est le côté morbide et anormal de l'homme – avait marqué ce corps au coin de la difformité et de la dégénérescence[1]. Et pourtant, quand je contemplai dans le miroir cette monstrueuse idole[2], je n'eus conscience d'aucune répugnance, mais plutôt mon cœur bondit vers elle. En somme, elle était moi-même et elle m'apparaissait comme naturelle et humaine. À mes yeux, elle représentait une image plus vivante de l'âme, elle me semblait plus directe et plus simple que l'être imparfait et divisé que j'étais accoutumé jusqu'alors d'appeler mon moi et, à cet égard, j'avais sans aucun doute raison. J'ai remarqué que lorsque je devenais Edward Hyde, personne ne pouvait m'approcher sans frémir. Cela tient au fait que tous les êtres humains que nous rencontrons sont une combinaison instable de bien et de mal. Edward Hyde n'était pas un hybride[3] ; lui seul, parmi tous les hommes, était le mal à l'état pur !

Je ne m'attardai qu'un instant devant le miroir, car il fallait tenter la seconde épreuve, faire l'expérience cruciale[4]. Celle-ci me permettrait de constater si j'avais perdu à jamais mon identité et si je devais m'enfuir, avant qu'il ne fît jour, d'une maison qui n'était déjà plus à moi. Je me hâtai de réintégrer mon cabinet, de préparer une autre potion et de la boire. Une fois de plus, je passai par les affres de la désintégration pour redevenir moi-même, sous les traits et avec le caractère et la stature[5] du Dr Henry Jekyll.

Cette nuit-là, j'étais arrivé au carrefour fatal. Si j'avais abordé ma découverte dans un esprit plus désintéressé, si j'avais risqué l'expérience sous l'égide[6] d'aspirations pieuses[7] ou généreuses,

1. **Dégénérescence** : altération et diminution de ses capacités.
2. **Idole** : individu admiré.
3. **Hybride** : qui résulte d'une combinaison.
4. **Cruciale** : décisive.
5. **Stature** : taille.
6. **Égide** : protection.
7. **Pieuses** : vertueuses.

tout aurait changé et j'eusse émergé des angoisses de la mort et de la naissance comme un ange de pureté et non comme un démon du vice. La drogue n'agissait pas dans un sens déterminé; elle n'était, par elle-même, ni diabolique ni divine; elle ne faisait qu'ébranler les portes de la geôle[1] où nos dispositions natives[2] sont enfermées. Dès lors qu'elles avaient une issue à leur portée, l'évasion devenait facile.

Au moment où je tentais cette première expérience, ma vertu était en sommeil et ma perversité, excitée par l'ambition, n'attendait que l'occasion favorable. Toutes mes mauvaises tendances, projetées hors de leur maison de chair, s'étaient recomposées pour former ce monstre: Edward Hyde. En conclusion, bien que j'eusse à présent deux caractères aussi bien que deux aspects physiques, l'un était le mal incarné et l'autre le bon vieux Dr Jekyll, c'est-à-dire ce mélange hétéroclite[3] dont j'avais déjà appris à désespérer du perfectionnement moral. En définitive, la transformation ne pouvait s'opérer qu'en un seul sens: celui du pire.

Dans ce temps-là, je n'avais pas encore triomphé de mon aversion[4] pour une vie intégralement consacrée à de monotones[5] études. J'avais parfois des envies de me distraire et, comme mes plaisirs étaient de ceux qu'on ramasse dans les ruisseaux, comme, par contre, j'étais non seulement bien connu et très considéré, mais encore d'un âge digne et mûr, l'incohérence de ma vie me déplaisait de plus en plus. C'est par ce côté-là que m'était venue la tentation dont je n'allais pas tarder à tomber esclave. Je n'avais qu'à boire un verre de ce liquide pour dépouiller[6] incontinent[7] la

1. **Geôle**: prison.
2. **Natives**: liées à la naissance.
3. **Hétéroclite**: inattendu, fait d'éléments de nature différente.
4. **Aversion**: haine.
5. **Monotones**: lassantes.
6. **Dépouiller**: retirer.
7. **Incontinent**: sans le moindre délai, immédiatement.

guenille[1] charnelle de l'illustre professeur Jekyll et pour prendre, comme un épais manteau, celle d'Edward Hyde.

L'idée me plaisait, car elle me paraissait cocasse[2]. Je m'occupai de mes préparatifs avec le plus grand soin. Je louai et meublai cette maison de Soho, où Hyde fut traqué par la police, et je pris, comme femme de charge, une créature que je savais être à la fois discrète et sans scrupule[3]. D'autre part, j'informai mes serviteurs qu'un certain M. Hyde – dont je leur donnai le signalement – devait avoir pleine liberté et tous pouvoirs dans ma demeure du square. Afin de parer[4] à toute éventualité, je vins en visite chez moi sous ma seconde forme et me rendis bientôt familier à mes propres domestiques. Pour compléter ces dispositions, je rédigeai de ma main ce testament contre lequel vous vous êtes si fermement élevé. Vous en comprenez la raison à présent, car en supposant qu'il m'arrivât malheur en la personne du Dr Jekyll, je pouvais prendre celle d'Edward Hyde sans pour autant perdre un liard[5] de mon bien.

Dès lors, ayant comme je le pensais tout prévu et tout ordonné, je me mis à profiter sans scrupule des avantages de la situation. Jadis, les gens louaient les services de spadassins[6] pour accomplir leurs crimes, cependant que leur propre personne et leur réputation restaient à l'abri des risques. J'ai été le premier homme qui ait jamais agi ainsi pour son propre plaisir, le premier qui pût marcher aux yeux du public, tout chargé de sympathique honnêteté, et, le moment d'après, tel un écolier en rupture de classe, dépouiller ses apanages[7] et se jeter à corps perdu dans un océan de licence[8]. Sous ce déguisement qui

---

1. **Guenille** : vieux vêtement.
2. **Cocasse** : amusante.
3. **Scrupule** : peur de mal agir.
4. **Parer à toute éventualité** : se préparer à tout.
5. **Un liard** : un sou.
6. **Spadassins** : tueurs à gages.
7. **Apanages** : biens, propriétés.
8. **Licence** : liberté excessive.

n'en était pas un, je jouissais[1] d'une sécurité totale. Pensez-y donc ! Je n'existais même pas ! Je n'avais qu'à me réfugier dans mon laboratoire, absorber le mélange que je pouvais préparer en un clin d'œil et dont les éléments étaient toujours à ma portée, pour redevenir, au bout de quelques secondes, l'inattaquable Dr Jekyll.

Dorénavant, quoi qu'il pût faire, Edward Hyde disparaissait comme une tache d'humidité sur une glace. Nul n'aurait pu soupçonner une relation quelconque entre cette larve monstrueuse et l'homme de bien qui, dans sa confortable demeure, remontait paisiblement la mèche de sa lampe de travail pour s'absorber dans de nouvelles études.

Les voluptés[2] que je me hâtais de poursuivre sous mon déguisement étaient, comme je l'ai déjà dit, dignes du ruisseau. Je ne saurais guère employer terme plus précis et plus dur. Toutefois, dès qu'Edward Hyde prit de l'assurance, ses plaisirs inclinèrent rapidement au sadisme[3]. Toutes les fois que je rentrais de ces orgies[4] nocturnes, je m'étonnais prodigieusement de ma dépravation[5] temporaire.

Cet incube[6] que je faisais sortir de moi-même et que j'envoyais satisfaire tous ses instincts était un être foncièrement méchant et perfide. Tous ses actes, toutes ses pensées avaient l'égoïsme pour base ; avec une avidité[7] bestiale, il s'enivrait de la volupté que lui procuraient les tourments des autres. Impitoyable, tel un bloc de marbre ! Parfois, Henry Jekyll s'épouvantait des actes d'Edward Hyde. Mais la situation ne tombait pas sous le coup des lois pénales et c'est ainsi qu'insidieusement se relâchait le pouvoir

---

1. **Jouissais** : profitais.
2. **Voluptés** : plaisirs.
3. **Sadisme** : attitude qui consiste à ressentir du plaisir de la souffrance que l'on donne.
4. **Orgies** : moments de débauche.
5. **Dépravation** : conduite qui s'écarte de la morale.
6. **Incube** : démon masculin qui abuse des femmes dans leur sommeil.
7. **Avidité** : besoin irrépressible.

de la conscience. Le coupable après tout, c'était Hyde, rien que Hyde ! Jekyll n'y pouvait rien, ne s'en portait pas plus mal. En un instant, il recouvrait toutes ses perfections apparemment non dégénérées. Il se hâtait même, quand toutefois c'était possible, de réparer le mal causé par Hyde. Et ainsi pensait-il être en règle.

Quant à entrer dans le détail des infamies[1] dont je me rendais complice – car, maintenant même, je ne puis en assumer la responsabilité totale –, je n'ai pas le dessein de le faire. Je voudrais seulement indiquer les avertissements qui me sont parvenus et la progression insensible au terme de laquelle mon châtiment survint.

Un incident se produisit, regrettable certes, mais sans répercussion pour moi. Un acte de cruauté gratuite à l'égard d'une fillette m'attira la colère d'un passant que j'ai reconnu l'autre jour comme étant votre cousin ; le docteur et la famille de l'enfant se liguèrent avec lui, si bien qu'un instant je pus craindre pour ma vie. Afin d'apaiser leur trop juste ressentiment, Edward Hyde dut les amener à la porte de la ruelle et les désintéresser en leur donnant un chèque signé de Henry Jekyll. Par la suite, cependant, un tel risque devait être éliminé facilement par l'ouverture, dans une banque différente, d'un compte courant au nom d'Edward Hyde lui-même. Dès que, renversant mon écriture, j'eus procuré une signature à mon double, je m'estimai suffisamment garanti contre les aléas[2] du sort.

Deux mois environ avant l'assassinat de sir Danvers, j'étais parti en expédition et n'avais regagné mon domicile que très tard. Quand je me réveillai le lendemain matin, j'eus l'impression qu'il se passait quelque chose d'insolite[3]. En vain[4] je jetai les yeux autour de moi, en vain je passai en revue l'ameublement confortable et les nobles proportions de ma chambre à coucher,

1. **Infamies** : crimes déshonorants.
2. **Aléas** : hasards.
3. **Insolite** : anormal.
4. **En vain** : inutilement.

en vain j'examinai le dessin bien connu des rideaux de mon lit et la forme de son bois d'acajou. Il y avait en moi quelque chose qui m'angoissait, me disait que je n'étais pas où je croyais être, que je ne m'étais pas réveillé où je le pensais, mais dans ma petite chambre de Soho où je dormais normalement sous la forme d'Edward Hyde. Je me souris à moi-même et, avec ma manie de m'analyser, je me mis indolemment[1] à rechercher les causes de cette illusion, retombant, de temps à autre, dans la douce somnolence du petit matin.

J'étais ainsi occupé, quand, dans un de mes moments de plus grande lucidité, j'eus l'idée de regarder ma main. Or, celle de Henry Jekyll, comme vous l'avez souvent remarqué, est une main de praticien longue et bien faite, blanche et ferme. Mais la main qui s'offrait à présent à mes regards, dans la lumière sale d'un matin de Londres, reposant à demi fermée sur le drap du lit, était décharnée[2], noueuse, grossière, grisâtre et toute couverte de poils noirs. C'était la main d'Edward Hyde !

J'ai bien dû la contempler une demi-minute, tant l'étonnement me rendait stupide, avant que la terreur ne s'éveillât en moi avec la soudaineté et le retentissement d'un fracas de cymbales. Bondissant à bas de mon lit, je me précipitai vers le miroir. Au spectacle qu'il me renvoya mon sang se glaça. Il n'y avait pas d'erreur possible ! Lorsque je m'étais couché j'étais encore Henry Jekyll et je me réveillais Edward Hyde !

Comment expliquer ce mystère ? La question m'angoissait terriblement, d'autant plus qu'elle était suivie d'un corollaire[3] : comment redevenir Jekyll ? La matinée était déjà fort avancée ; les domestiques debout, toutes mes drogues enfermées dans mon cabinet ! Pour y accéder, il me fallait descendre deux paires d'escaliers, traverser le couloir du fond, la cour à ciel

1. **Indolemment** : sans vitalité.
2. **Décharnée** : d'une grande maigreur.
3. **Corollaire** : conséquence nécessaire.

ouvert et enfin l'amphithéâtre. Un long voyage, n'est-il pas vrai ? À la rigueur, je pouvais me couvrir le visage ; mais à quoi bon puisque j'étais incapable de dissimuler l'altération de ma stature ! Alors, avec une impression merveilleuse de soulagement, je me rappelai que les serviteurs étaient accoutumés à la vue et aux visites de mon second moi. J'eus tôt fait de m'habiller de mon mieux dans des vêtements à ma propre taille, de traverser toute la demeure où Bradshaw ouvrit de grands yeux et recula en voyant M. Hyde errer dans la maison à une heure aussi indue et dans un costume aussi étrange. Dix minutes plus tard, le Dr Jekyll avait réintégré sa demeure charnelle et s'asseyait, le front soucieux, devant son petit déjeuner.

Médiocre était mon appétit ! Cet incident inexplicable, cette réversion[1] de mes expériences précédentes semblait, comme la main mystérieuse sur le mur du palais babylonien[2], écrire une à une les lettres de mon jugement. Plus sérieusement que je l'avais fait jusqu'alors, je me mis à réfléchir sur les conséquences possibles de ma double existence.

Cette partie de moi-même que j'avais le pouvoir de matérialiser s'était, en ces derniers temps, remarquablement renforcée. J'avais eu l'impression que le corps d'Edward Hyde avait grandi et que le sang coulait plus généreusement dans ses veines. Dès lors, je me mis à soupçonner un terrible danger. À supposer que la situation se prolongeât, l'économie[3] de ma nature pourrait se renverser d'une façon permanente, la faculté de changer de corps à volonté se perdrait et le caractère d'Edward Hyde deviendrait irrévocablement[4] le mien. La puissance de la drogue n'avait pas toujours été régulière. Une fois, au début de mes essais, les résultats s'étaient révélés décevants. Depuis lors, et

1. **Réversion** : retour.
2. Épisode de l'Ancien Testament dans lequel le spectre d'une main annonce la chute de la cité mésopotamienne de Babylone.
3. **Économie** : ici, manière de fonctionner.
4. **Irrévocablement** : d'une manière définitive.

en maintes occasions, j'avais été contraint de doubler et même de tripler la dose. Ce jour-là, j'avais frôlé la mort de près ! En tout cas, ces quelques irrégularités avaient un tantinet[1] gâté ma joie. Ce n'était évidemment pas grave, mais, à présent, à la lumière de l'accident de ce matin, je fus forcé de convenir que si, dans les débuts, la grande difficulté avait été d'abandonner le corps de Jekyll, c'était, à l'heure actuelle, le corps de Hyde que j'éprouvais le plus de peine à dépouiller. D'où l'épouvantable conclusion que j'étais bien forcé de tirer : *j'abandonnais graduellement la maîtrise de mon moi primitif, le meilleur, et m'incorporais lentement à mon second moi, le pire !*

J'étais à la croisée des chemins ; je sentais qu'il me fallait choisir entre les deux personnes. Le seul caractère commun de ma double nature était la mémoire. Quant aux autres facultés, elles étaient inégalement réparties entre les deux moitiés de mon moi.

Jekyll, l'hybride, tantôt avec les plus grandes appréhensions, tantôt avec une avidité singulière, projetait et partageait tous les plaisirs et toutes les aventures de Hyde. Au contraire, Hyde ne s'intéressait pas à Jekyll ou ne s'en souvenait qu'à l'occasion, un peu à la façon d'un bandit de grand chemin qui se rappelle la caverne où il se dissimule à la curiosité des gendarmes. Jekyll avait pour Hyde l'intérêt d'un père ; Hyde avait pour Jekyll l'indifférence d'un fils. Me rallier[2] à Jekyll revenait à renoncer à toutes les satisfactions sensuelles que je m'étais, pendant si longtemps, secrètement offertes et dont je m'étais fait, par degré, des habitudes. Me rallier à Hyde, c'était mourir à un millier d'intérêts et d'aspirations, et me muer, d'un seul coup et pour jamais, en un être méprisé et sans amis.

Le marché pouvait sembler inégal, mais une autre considération pesait encore dans la balance, car, tandis que Jekyll serait

1. **Un tantinet** : légèrement.
2. **Rallier** : s'associer.

torturé par les feux de la concupiscence[1], Hyde n'aurait même pas conscience de tout ce qu'il aurait perdu. Si étrange que fût ma situation, le dilemme[2] était aussi vieux et aussi banal que l'humanité. Le pécheur qui tremble devant la tentation est acculé[3] à un pari tout semblable et ma propre aventure n'est pas spécifiquement différente de celle de tous les hommes qui veulent prendre la meilleure voie et n'ont malheureusement pas la force de s'y maintenir.

Bien entendu, je préférais être le vieux docteur mélancolique entouré d'amis et caressant d'honnêtes espoirs ! Aussi me résolus-je à dire un adieu définitif à la liberté, à la jeunesse relative[4], à l'élasticité de la démarche, au pouls vigoureux et aux plaisirs clandestins dont j'avais joui par le truchement[5] de Hyde. En choisissant ainsi, je faisais probablement certaines réserves mentales inconscientes, car je n'abandonnai pas la petite maison de Soho ni ne détruisis les habits d'Edward Hyde, lesquels restèrent toujours dans mon cabinet, prêts à servir.

Pendant deux mois, je demeurai fidèle à ma résolution ; pendant deux mois, je menai une vie d'ascète[6] et éprouvai, en contrepartie, la satisfaction du devoir accompli. Toutefois, le temps émoussant[7] graduellement l'acuité[8] de mes alarmes, l'approbation[9] de ma conscience commençait à me peser. J'étais torturé par des désirs inavouables ; on eût dit que Hyde, dans le tréfonds[10] de moi-même, luttait pour sa liberté. Enfin, dans un moment de faiblesse, je cédai. Presque inconsciemment, je mélangeai mon élixir et mes poudres et l'avalai…

1. **Concupiscence** : désir de jouissance.
2. **Dilemme** : choix difficile.
3. **Acculé** : amené de force dans un endroit sans issue.
4. **Relative** : qui n'est pas définitive.
5. **Par le truchement** : par l'intermédiaire.
6. **Ascète** : personne qui s'impose une vie austère.
7. **Émoussant** : usant.
8. **Acuité** : lucidité.
9. **Approbation** : acceptation, accord.
10. **Dans le tréfonds** : au plus profond.

Je ne sache pas qu'un ivrogne raisonnant de son vice avec lui-même n'ait été touché[1], une seule fois sur cinq cents, par les dangers que lui fait courir son insensibilité physique lorsque, bestialement, il tombe ivre mort au coin d'une rue. Je n'avais pas, moi non plus, considéré ma position, n'avais pas tenu compte de l'amoralité[2] complète et du sadisme extraordinaire qui caractérisaient essentiellement le personnage d'Edward Hyde. Et pourtant, ce fut par là que me vint ma punition.

Mon mauvais génie avait longtemps été enfermé dans sa cage. Il en sortit fou furieux. Au moment même où j'avalais le breuvage, je sentais déjà en moi une indomptable et frénétique[3] disposition au mal. C'est cela, je le suppose, qui souleva dans mon être cet orage d'impatience au moment où j'écoutais les civilités de ma malheureuse victime. À tout le moins, je déclare devant Dieu que nul homme, jouissant de ses facultés mentales, n'aurait pu commettre un tel crime devant une provocation aussi minime. J'en suis sûr, je n'ai pas frappé avec plus de raison qu'un enfant malade brise son jouet. Mais je m'étais volontairement dépouillé de tous ces instincts modérateurs[4], grâce auxquels les pires des hommes continuent à marcher, avec quelque prudence, au milieu d'un monde de chausse-trapes[5]. Ainsi donc, en ce qui me concerne, la moindre tentation devait entraîner la chute.

Instantanément s'éveilla en moi une rage démoniaque. Dans un transport de joie, je broyai le corps sans résistance, ressentant à chaque coup une âpre[6] volupté ; et ce fut seulement lorsque la fatigue eut succédé à mon enivrement que je me sentis soudain,

1. **Je ne sache pas qu'un ivrogne raisonnant de son vice avec lui-même n'ait été touché** : je ne pense pas qu'un ivrogne qui réfléchirait sur son état se rende vraiment compte.
2. **Amoralité** : absence de moralité.
3. **Frénétique** : incontrôlable.
4. **Modérateurs** : qui contrôlent.
5. **Chausse-trapes** : pièges, embûches.
6. **Âpre** : décuplée.

au plus fort de mon délire, le cœur transpercé d'un frisson de terreur. Une brume se dissipait, j'avais signé mon arrêt de mort. Alors, je m'enfuis du lieu du crime, partagé entre le triomphe et l'horreur, mon sadisme satisfait et stimulé, mon amour de la vie accordé au plus haut diapason[1].

Je courus à ma maison de Soho et – deux sûretés valant mieux qu'une – je détruisis mes papiers. De là, je partis à travers les rues peuplées de réverbères, dans le même état d'esprit mixte, orgueilleux certes, de mon crime, et me promettant d'en accomplir bien d'autres, mais pourtant toujours conscient d'être traqué, redoutant d'entendre derrière moi les pas de la police.

Hyde, quand il composa le breuvage, avait un chant sur les lèvres et, quand il le but, il le fit à la santé de la victime. Les affres de la métamorphose avaient à peine fini de le déchirer que Henry Jekyll, pleurant des larmes de gratitude et de remords, était tombé à genoux et levait vers le ciel ses mains jointes.

Le voile de complaisance grâce auquel l'homme se dissimule ses fautes était déchiré du haut en bas. Je revoyais ma vie tout entière. C'étaient d'abord les jours heureux de mon enfance, le temps où je marchais en tenant mon père par la main et puis, mes études ardues[2], les années d'abnégation[3] que j'avais consacrées à ma profession de docteur et enfin, hélas, les horreurs maudites de cette nuit. En les évoquant, j'avais l'impression d'un cauchemar. J'en aurais poussé des cris ! Par des larmes et des prières, j'essayais d'étouffer la hideuse multitude d'images et de sons dont fourmillait[4] ma mémoire ; et toujours, dans l'intervalle de mes supplications[5], l'atroce vision de mon péché s'imposait à ma conscience.

1. **Accordé au plus haut diapason** : à son maximum.
2. **Ardues** : difficiles.
3. **Abnégation** : sacrifice volontaire.
4. **Fourmillait** : abondait.
5. **Supplications** : demandes insistantes.

L'acuité du remords commençant à diminuer, un sentiment de joie lui succéda. Les choses, à présent, étaient claires et nettes. Désormais, Hyde était devenu impossible ; bon gré mal gré, j'étais dorénavant confiné[1] dans la meilleure part de mon existence. Oh, quelle joie de pouvoir penser ainsi ! Avec quelle humilité empressée j'embrassai de nouveau les contraintes de la vie ordinaire ! Avec quelle sincérité dans le renoncement je verrouillai la porte par laquelle j'étais si souvent entré et sorti et en broyai la clé sous mes talons !

Le lendemain, les journaux annoncèrent que le meurtrier avait été découvert, que la culpabilité de Hyde ne faisait pas de doute et que la victime était une personne universellement estimée. Ce n'était pas seulement un crime, c'était une faute, une faute tragique ! Je crois bien que je fus content de le savoir. Ainsi, les tendances de mon meilleur moi seraient soutenues et gardées par la terreur de l'échafaud[2]. Jekyll devenait, dès à présent, ma cité de refuge. Que Hyde se montrât seulement un instant et les mains de tous les hommes se lèveraient pour le prendre et l'exterminer.

Je résolus de racheter ma faute et je puis dire, en toute honnêteté, que ma résolution produisit quelque effet. Vous n'êtes pas sans savoir avec quelle ardeur je m'employai à soulager les souffrances humaines au cours des derniers mois de l'an passé ; vous savez combien je me sacrifiai pour autrui. Les jours, dès lors, passèrent tranquilles, presque heureux. Et je ne me lassais point de cette vie d'innocence et de dévouement. Bien au contraire, elle me plaisait tous les jours davantage. Mais je portais en moi ma malédiction, et c'était cette dualité de ma nature.

Au fur et à mesure que s'émoussait l'aiguillon[3] du repentir[4], mon mauvais génie auquel, pendant si longtemps, j'avais relâché

1. **Confiné** : enfermé, relégué.
2. **Échafaud** : plate-forme où montent les condamnés à mort lors de l'exécution.
3. **Aiguillon** : instrument pointu servant à faire avancer les bœufs.
4. **Repentir** : remords.

les rênes, ce moi démoniaque que j'avais enchaîné depuis peu, se mit à gronder et à réclamer sa liberté. Non point que je rêvasse de ressusciter Hyde ! Cette simple idée m'eût donné des crises de nerfs. Non ! C'était à présent dans ma propre personne que je me sentais tenté de tromper ma conscience et, si j'ai finalement succombé aux assauts de Satan, ce fut dans les mêmes conditions qu'un pécheur ordinaire cède à de secrètes envies.

Mais tout a une fin ; tant va la cruche à l'eau… [1] Et cette brève concession faite à ma perversité finit par détruire l'équilibre de mon âme. Dire que, pendant tout ce temps, je ne me doutais de rien ! La faute me semblait toute naturelle. N'avais-je point péché, bien longtemps avant ma découverte, lorsque, dans mon propre personnage, je recherchais les plaisirs interdits ?

C'était par une belle journée claire de janvier ; le sol, là où le givre avait fondu, était légèrement humide mais, au-dessus de moi, pas un seul nuage ! Regent's Park retentissait de chants d'oiseaux et l'on sentait déjà une odeur de printemps dans l'air. Je m'assis sur un banc au soleil ; ma nature animale se réjouissait du souvenir de ses méfaits[2] ; ma nature spirituelle somnolait sans défense, confiante dans l'effet d'un repentir futur mais trop paresseuse encore pour agir. « Somme toute, me dis-je, je n'étais ni pire ni meilleur que les autres. » À cette pensée, j'eus un sourire de complaisance. Je me comparai aux autres hommes. Moi, du moins, je ne barguignais[3] pas à rendre service, tandis qu'eux !… De bonnes intentions, certes, mais de la négligence et une inactivité qui équivalaient à une cruelle indifférence !

Au moment même où je jouissais de cette vaniteuse pensée, j'éprouvai une angoisse subite, une horrible nausée et un mortel frisson. Les symptômes disparurent, mais je me sentais faible ; par

---

1. **Tant va la cruche… (qu'à la fin elle se casse)** : proverbe signifiant que l'on subit toujours les conséquences d'une faute que l'on répète.
2. **Méfaits** : mauvaises actions.
3. **Barguignais** : hésitais.

la suite, cette faiblesse passa et je commençai à m'apercevoir d'un changement dans la nature de mes idées. Je me sentais doué d'une plus grande hardiesse, d'un certain mépris du danger, affranchi des liens de la religion et de la morale. Je baissai les yeux, mes vêtements pendaient informes sur mes membres raccourcis ; la main qui reposait dans mon giron[1] était noueuse et velue. J'étais redevenu Edward Hyde. L'instant d'avant, je jouissais du respect unanime, de la richesse, de l'affection ; mon couvert était mis dans la belle salle à manger de ma demeure ; à présent, je n'étais plus qu'une bête traquée, sans tanière où s'enfuir, un assassin reconnu, un gibier de potence[2] !

Ma raison vacilla, mais elle ne me lâcha pas tout à fait. J'avais bien souvent observé que les facultés de mon second moi étaient d'une grande vivacité et que je jouissais alors d'une ingéniosité d'esprit beaucoup plus prompte. Dans les circonstances présentes, Jekyll aurait probablement succombé, mais Hyde se montra à la hauteur de la situation.

Mes drogues se trouvaient dans l'une des vitrines de mon cabinet. Comment y accéder ? Tel était le problème que, la tête entre les mains, je me mis en devoir de résoudre. La porte de la ruelle ? Je l'avais condamnée. Si j'essayais de gagner mon laboratoire en traversant la maison, mes propres serviteurs m'enverraient au gibet[3]. Il fallait absolument trouver un intermédiaire et je pensai à Lanyon. Comment l'atteindre ? Comment le convaincre ? À supposer que je pusse éviter d'être arrêté en ville, comment m'introduirais-je en sa présence ? Comment encore, visiteur inconnu et suspect, décider l'illustre professeur à cambrioler le cabinet de son collègue, le Dr Jekyll ? C'est alors que je me souvins d'une particularité précieuse de ma seconde nature. Bien que je fusse devenu Hyde, mon écriture était toujours celle de

1. **Giron** : espace de la ceinture aux genoux d'une personne assise.
2. **Gibier de potence** : personne menacée par la justice.
3. **Gibet** : potence où l'on exécute les condamnés.

Jekyll. Une fois que j'eus conçu cette idée lumineuse, la marche à suivre m'apparut très clairement.

Sur ces entrefaites, j'arrangeai mes vêtements de mon mieux et, appelant un fiacre, demandai au cocher de me conduire à un hôtel de Portland Street, dont, par bonheur, je me rappelais l'adresse. Devant un client aussi grotesque – en fait, j'avoue que je faisais un effet assez comique, encore que ces vêtements couvrissent une tragique destinée –, le cocher ne put s'empêcher de rire. Je grinçai des dents en le dévisageant avec une expression de fureur démoniaque et le sourire disparut du visage de l'homme. Heureusement pour lui et pour moi, car s'il avait continué, je l'eusse instantanément arraché de son siège ! À l'hôtel où j'entrai, je roulai des yeux si sombres que tous les larbins[1] tremblèrent. Ils n'échangèrent pas un seul regard en ma présence, mais prirent mes ordres avec obséquiosité[2], me conduisirent à ma chambre et m'apportèrent de quoi écrire.

Hyde, en danger de mort, était une créature pour moi toute nouvelle : secouée d'une colère inouïe, tendant au meurtre de toutes ses forces, tourmentée du désir de torturer les autres ! Et pourtant le monstre ne manquait pas de ruse ; maîtrisant sa furie[3] au prix d'un grand effort de volonté, il composa deux lettres importantes, l'une pour Lanyon, l'autre pour Poole ; et, afin d'avoir la preuve palpable[4] qu'elles avaient été mises à la poste, il les fit porter avec l'ordre qu'on les recommandât.

Par la suite, il resta toute la journée dans sa chambre à se ronger les ongles au coin du feu. Il s'y fit monter son repas, veillant seul avec ses craintes, le garçon tremblant visiblement devant lui ; puis, quand la nuit fut tout à fait venue, il s'engouffra dans un fiacre, s'enfonça dans le coin le plus sombre et se fit conduire çà et là, par les rues de la capitale. Je dis bien « il » et non point « je » car

1. **Larbins** : domestiques (dans un sens péjoratif).
2. **Obséquiosité** : manifestation excessive de signes de politesse.
3. **Furie** : colère violente.
4. **Palpable** : vérifiable par les faits.

le monstre n'avait rien d'humain ; rien ne vivait en lui, sinon la crainte et la haine. Et quand, pensant que le cocher commençait à avoir des soupçons, il abandonna le fiacre et s'aventura à pied dans ses vêtements mal ajustés, tout désigné à l'attention des noctambules[1], seules ces deux viles[2] passions sévissaient[3] en lui et déchaînaient sous son crâne la plus violente des tempêtes. Il marchait vite, poursuivi par ses craintes, se parlant à lui-même, rasant les murs et choisissant de préférence les artères les moins fréquentées, comptant anxieusement les minutes qui le séparaient de minuit. Une fois, il fut arrêté par une femme qui lui offrit, je crois, une boîte d'allumettes. Il la frappa rageusement en plein visage ; elle s'enfuit.

Quand je revins à moi chez Lanyon, l'expression horrifiée de mon vieil ami m'affecta quelque peu, mais cela n'était rien : une simple goutte d'eau dans l'océan des horreurs que j'éprouvais en me rappelant ces heures maudites. Un second changement s'était produit en moi. Je n'étais plus tourmenté par la crainte de la potence, mais bien par l'effroi de redevenir Hyde. Je reçus le blâme de Lanyon comme dans un rêve ; comme dans un rêve, je revins dans ma propre demeure où je me mis au lit. Après les fatigues et les émotions de cette journée, je dormis comme une masse. Les cauchemars dont je fus hanté n'arrivaient pas même à me tirer de ma stupeur[4]. Je m'éveillai le lendemain matin, ébranlé, affaibli mais tout autre. Je haïssais encore et je craignais la pensée de la brute qui dormait en moi sans, naturellement, avoir oublié les épouvantables dangers de la journée précédente ; mais je me trouvais, une fois de plus, chez moi, dans ma propre demeure, mes drogues à portée de ma main ; et j'étais si reconnaissant au Ciel de ma délivrance que j'en éprouvais presque de l'espoir.

1. **Noctambules** : gens qui vivent la nuit.
2. **Viles** : méprisables.
3. **Sévissaient** : s'exerçaient avec violence.
4. **Stupeur** : étonnement profond.

Je me promenais à petits pas dans la cour, après mon petit déjeuner, humant[1] l'air frais avec délice, quand je fus repris par une de ces sensations indescriptibles qui annoncent le changement de ma personnalité. J'eus à peine le temps de regagner mon cabinet avant de me sentir une fois encore en proie aux passions frénétiques de mon mauvais moi. Hyde avait ressuscité. En cette occasion, il me fallut une double dose pour me rappeler à moi-même ; et, hélas, six heures plus tard, alors que je regardais tristement les tisons[2] de l'âtre[3], les douleurs reparurent et il me fallut, de nouveau, absorber ma potion.

Bref, à partir de ce jour, ce fut seulement au prix d'un grand effort, d'une gymnastique physique et mentale très pénible et uniquement sous l'excitation immédiate de la drogue que je pus conserver l'apparence de Jekyll. À toute heure du jour ou de la nuit, j'étais pris par le frisson avant-coureur[4] de la métamorphose ; et, surtout s'il m'arrivait de dormir ou de somnoler un instant dans mon fauteuil, c'était Hyde qui se réveillait.

Sous la tension que provoquait en moi cette épée de Damoclès[5], continuellement suspendue sur ma tête, et en raison de l'insomnie perpétuelle, surhumaine à laquelle je me trouvais condamné, je ne tardai pas à devenir la proie d'une fièvre continue. Le corps et l'esprit languides[6], je n'étais préoccupé que d'une seule pensée : échapper à mon autre et horrible moi. Mais quand je dormais ou quand le pouvoir de la drogue s'évanouissait, je passais presque sans transition – les affres de la métamorphose devenaient, jour après jour, de moins en moins pénibles – dans un état mental caractérisé par une imagination sadique, des instincts de haine sans cause, tandis que mon corps, malgré ses

1. **Humant** : respirant.
2. **Tisons** : restes de bois dans un feu.
3. **Âtre** : partie de la cheminée où brûle le feu.
4. **Avant-coureur** : qui précède.
5. **Épée de Damoclès** : désigne un danger pouvant survenir à tout instant.
6. **Languides** : qui dépérissent.

forces nouvelles, m'apparaissait à peine capable de contenir mes énergies déchaînées.

La puissance de Hyde semblait avoir crû[1] au fur et à mesure que Jekyll s'affaiblissait. Et, certainement, la haine qui les divisait à présent était égale des deux côtés. Chez Jekyll, elle ressortissait à l'instinct vital; il avait fini par voir la totale monstruosité de l'être auquel il était lié par quelques-uns des phénomènes de la conscience et qui ne mourrait qu'avec lui. À part ces éléments communs qui les enchaînaient l'un à l'autre et qui constituaient, pour Jekyll, le plus poignant[2] motif de sa détresse, il avait l'impression que Hyde, son mauvais moi, en dépit de toute sa puissance de vie, était quelque chose non seulement de diabolique, mais d'inorganique[3]. Là était bien le scandale; que le limon[4] de l'abîme pût lancer des cris et des paroles, qu'une argile amorphe[5] pût gesticuler et pécher, que le néant et le chaotique pussent usurper les fonctions de la vie! Pire encore, cet incube rebelle lui était plus proche parent qu'une épouse, plus consubstantiel[6] qu'un œil. Il était encagé[7] dans sa chair où il l'entendait gronder, où il le sentait se débattre dans son impatience de renaître. Et c'était bien le cas! Toutes les fois que sa chair faiblissait, toutes les fois que Jekyll s'abandonnait au sommeil, Hyde se levait et le chassait de l'existence!

La haine de Hyde pour Jekyll était d'un ordre bien différent. Sa terreur du gibet l'incitait perpétuellement à commettre un suicide temporaire et à retourner à l'état inférieur d'incube au lieu de se pavaner[8] en tant que personnalité distincte. Mais alors

---

1. **Crû**: participe passé du verbe *croître*.
2. **Poignant**: intense, vif.
3. **Inorganique**: qui ne relève pas du vivant.
4. **Limon**: dépôt de terre molle sur les rives des cours d'eau.
5. **Amorphe**: sans consistance.
6. **Consubstantiel**: qui appartient au même être.
7. **Encagé**: mis en cage.
8. **Se pavaner**: se comporter avec orgueil.

cette nécessité le mettait en rage, de même que l'abattement où Jekyll était tombé, et il s'irritait du mépris avec lequel il se considérait lui-même. De là les tours simiesques qu'il avait coutume de me jouer, les horribles blasphèmes dont il barbouillait, de ma propre écriture, les marges de mes livres, les lettres qu'il brûlait, le portrait de mon père qu'il avait lacéré[1]. Certes, n'eût été cette crainte de la mort, il se serait depuis longtemps perdu afin de m'entraîner dans sa perte. Mais son amour de la vie est extraordinaire. Je vais plus loin ! Moi qui éprouve la nausée et le frisson rien qu'en pensant à lui, je ne puis m'empêcher de le prendre en pitié quand je me rappelle la bassesse et la frénésie de ses affections et quand je sens la crainte qui le possède de me voir le supprimer par le suicide.

Le temps me presse et je ne crois pas utile de poursuivre ces commentaires. Nul homme n'a jamais souffert de tels tourments, la chose n'est pas douteuse ! Et pourtant l'habitude, cette seconde nature, m'apportait, non point un soulagement, mais un certain endurcissement de l'âme, un certain acquiescement[2] au désespoir. Mon châtiment aurait pu durer de nombreuses années, si la dernière calamité[3] qui m'est récemment survenue ne m'avait pas définitivement retranché de ma propre apparence, comme de ma propre nature.

Ma provision de sels, qui n'avait jamais été renouvelée depuis la date de la première expérience, commençait à tirer à sa fin. Je m'en fis envoyer une nouvelle provision et je préparai le mélange. L'ébullition suivit et le premier changement de couleur, mais non point le second. Tout de même, je bus ma potion mais rien ne se produisit. Vous apprendrez par Poole comment j'ai fait fouiller toutes les pharmacies de Londres pour retrouver cette drogue. La tentative fut vaine et je suis persuadé, à présent, que

---

1. **Lacéré** : déchiré, mis en morceaux.
2. **Acquiescement** : action d'accepter.
3. **Calamité** : catastrophe.

ma première provision était impure et que cette impureté inconnue conditionnait l'efficacité du produit.

Près de huit jours se sont écoulés et je termine ce mémoire sous l'influence du dernier sachet de l'ancienne poudre. C'est donc la dernière fois, à moins d'un miracle, que Henry Jekyll peut penser ses propres pensées ou voir, prodigieusement altéré, son propre visage dans cette glace. Je dois me hâter d'achever ce récit, car si ces pages ont, jusqu'à présent, échappé à la destruction, c'est par une combinaison de prudence et de chance. Si les affres de la métamorphose me surprenaient au moment d'écrire ces lignes, Hyde mettrait ces papiers en pièces. Par contre, s'il s'écoule quelque temps entre le moment de la transformation et celui où j'aurai rangé ceci, j'ai l'impression que son extraordinaire égoïsme et sa tendance à ne vivre que dans le présent sauveront ces pages du néant. Certes, le châtiment qui nous attend tous les deux l'a déjà changé et accablé. Dans une demi-heure d'ici, quand j'aurai de nouveau, et pour toujours, réintégré cette personnalité haïe, je sais que je resterai, assis dans mon fauteuil, à trembler et à pleurer, ou que je continuerai, tendant l'oreille au moindre bruit et tous mes sens en alerte, à arpenter[1] inlassablement cette pièce qui est devenue mon dernier refuge.

Hyde finira-t-il sur l'échafaud ? Trouvera-t-il le courage de se supprimer au dernier moment ? Dieu seul le sait et peu m'importe ! Je vais rendre le dernier soupir. Le Dr Jekyll va mourir et celui qui le remplacera ne m'intéresse plus. Ici donc, j'accomplis le dernier acte libre de mon existence et je remets au jugement de l'éternité le Dr Henry Jekyll, pauvre pécheur !

1. **Arpenter** : parcourir.

Arrêt sur lecture 3

Un quiz pour commencer

Cochez les bonnes réponses.

1 *Qui écrit une lettre au Dr Lanyon ?*

- ❒ M. Utterson.
- ❒ Poole.
- ❒ Dr Jekyll.

2 ***À quoi assiste le Dr Lanyon ?***

- ❒ Une agression.
- ❒ Une métamorphose.
- ❒ Une apparition spectrale.

3 ***Rappelez le prénom du Dr Lanyon.***

- ❒ Hastie.
- ❒ Edward.
- ❒ Henry.

4 *Qu'apprend-on sur la jeunesse du Dr Jekyll ?*

- ❒ Sa haine des romans.
- ❒ Son engagement militaire.
- ❒ Ses mauvais penchants.

5 *Qui Jekyll choisit-il pour cobaye de ses expériences ?*

- ❒ Un chimpanzé.
- ❒ Son épouse.
- ❒ Lui-même.

6 *Dans quel quartier M. Hyde s'installe-t-il ?*

- ❒ Piccadilly.
- ❒ Westminster.
- ❒ Soho.

7 *Qu'est-ce qui terrifie le Dr Jekyll ?*

- ❒ Ses potions le font vieillir prématurément.
- ❒ Il se métamorphose en animal sauvage.
- ❒ M. Hyde est en train de prendre le dessus sur lui.

8 *Durant combien de temps le Dr Jekyll résiste-t-il à M. Hyde ?*

- ❒ Six mois.
- ❒ Deux mois.
- ❒ Un an.

9 *Pourquoi Jekyll ne parvient-il plus à redevenir lui-même à la fin ?*

- ❒ Il n'arrive plus à se procurer les bons sels pour sa potion.
- ❒ Poole l'en empêche.
- ❒ Il a oublié comment faire.

Des questions pour aller plus loin

→ *Analyser le thème du double dans un récit fantastique*

Une terrifiante mission

1 Quand le Dr Jekyll fixe-t-il rendez-vous au Dr Lanyon ? Répondez le plus précisément possible. Qu'évoque pour vous l'heure du rendez-vous ?

2 Reconstituez le parcours de Lanyon en complétant l'axe chronologique ci-dessous :

① Forcer la serrure du cabinet

② Annuler tous ses rendez-vous

③ Revenir à Cavendish Square

④ Trouver et ouvrir la vitrine n° 5

⑤ Se rendre directement chez le Dr Jekyll

⑥ Tirer le quatrième tiroir à partir du haut

⑦ Vérifier le contenu du tiroir

⑧ Emporter le contenu du tiroir

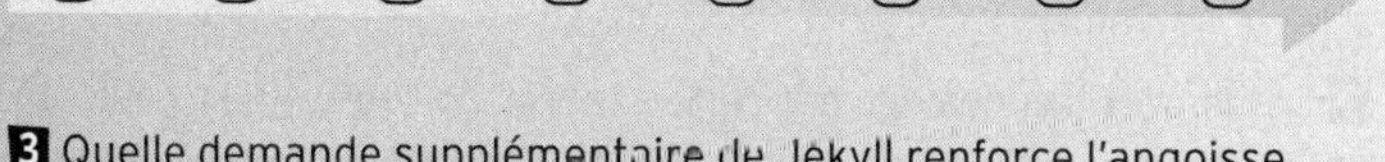

3 Quelle demande supplémentaire de Jekyll renforce l'angoisse du narrateur ? Quel détail souligne la méfiance du Dr Lanyon ?

4 Que ressent successivement le Dr Lanyon en présence de son invité ? Aidez-vous en complétant le tableau suivant.

M. Hyde	Réactions provoquées chez le Dr Lanyon
évite la présence d'un agent de police	
sa physionomie	
ses vêtements	
pose la main sur le bras de Lanyon	
fait entendre un bruyant sanglot	
a les premiers symptômes d'une attaque de nerfs	

Le fantastique en action

5 Langue À quelle personne sont menés les récits des deux derniers chapitres ? De quel genre de textes pourriez-vous les rapprocher ?

6 Associez chaque narrateur au bon chapitre :

Dr Jekyll	•	•	Chapitre 9
Dr Lanyon	•	•	Chapitre 10

7 Quel sentiment semble animer la première lettre du Dr Jekyll (chapitre 9) ? Sur quels mots et expressions vous appuyez-vous (l. 9 à 70) ?

8 Après le départ du Jekyll, quelles impressions persistent chez le Dr Lanyon ?

9 Demeure-t-il convaincu par cette expérience ? Retrouvez l'adjectif qui exprime cette posture dans le dernier paragraphe du chapitre.

Zoom sur « La transformation de Hyde en Jekyll » (p. 104 à 106)

10 Recopiez les couleurs successives de la potion durant sa préparation. Que pouvez-vous en déduire sur sa nature ?

_ _ _ _ _ _ _ _ _ _ _ _ _ _.

_ _ _ _ _ _ _ _ _ _ _ _ _ _.

_ _ _ _ _ _ _ _ _ _ _ _ _ _.

11 Cherchez sur Internet un exemplaire du « serment d'Hippocrate ». Retrouvez-y le passage suggéré dans le texte. Sera-t-il respecté ?

12 Que semble ressentir celui qui subit la transformation ? Et le Dr Lanyon ?

La double révélation

13 À quel moment l'identité du sinistre visiteur du Dr Lanyon est-elle révélée au lecteur ? Est-ce surprenant ?

14 De quelle façon le Dr Jekyll devient-il M. Hyde ? Cherchez dans le chapitre 10 les éléments qui montrent que la personnalité de Hyde est en train de prendre le dessus.

15 **Langue** Relevez les groupes nominaux et les adjectifs qui soulignent les conséquences de la métamorphose (p. 113). Dans ce tableau, distinguez les effets positifs et néfastes sur le narrateur.

	Adjectifs	Groupes nominaux
Effets positifs		
Effets néfastes		

Une fois rempli, trouvez-vous ce tableau équilibré ?

16 Reliez chaque caractéristique au personnage qui convient.

« incube » •		
« le bon » •		
« criminel » •		
« excellentes aptitudes intellectuelles » •		• Dr Jekyll
« être foncièrement méchant et perfide » •		• M. Hyde
« honnête homme » •		
« monstrueuse idole » •		
« le mal incarné » •		

✔ *Rappelez-vous !*

• Le basculement dans le **fantastique** s'effectue toujours au moyen d'un **phénomène** extraordinaire. Le roman de R. L. Stevenson s'achève sur deux lettres posthumes qui éclairent le déroulement des événements précédents. Le Dr Jekyll et M. Hyde ne font qu'une seule et même personne.

• L'auteur reprend ici le thème du **double maléfique** très présent en littérature fantastique, ainsi que le thème de l'expérimentation scientifique. Ici, la métamorphose s'effectue par l'absorption d'une solution chimique.

De la lecture à l'expression orale et écrite

Des mots pour mieux s'exprimer

1 ***Remplissez ce tableau à l'aide des verbes de la liste.***

agrandir | alléger | allonger | alourdir | boursoufler

dégonfler | désenfler | élever | lester | raccourcir | rapetisser

Taille	Volume	Poids

2 ***Reliez les antonymes.***

Aurore	•	•	Crépuscule
Jour	•	•	Clarté
Obscurité	•	•	Nuit

3 ***Reconstituez ces synonymes de « transformer ».***

M _ T A _ O R _ _ O S E _

T R _ N S M _ _ _ R

_ H A _ G E _

_ O D _ F I _ R

A _ T É _ E R

4 ***Métamorphosez les mots ! À votre tour, transformez les mots de la liste suivante en changeant l'ordre des lettres (vous pouvez aussi ajouter ou supprimer des accents). Vous obtiendrez ainsi des anagrammes ayant un rapport avec le mal. Attention, toutes les lettres doivent être utilisées. Exemple : M I L A N → M A L I N***

DÉBLAI → _ _ _ _ _ _.
MONTRES → _ _ _ _ _ _ _.
RÉACTEUR → _ _ _ _ _ _ _ _.
MONDE → _ _ _ _ _.
GARDONS → _ _ _ _ _ _ _.

La parole est à vous

5 ***Mettez en voix la lettre que le Dr Jekyll a écrite au Dr Lanyon (chapitre 9).***

Consignes. Formez des groupes de cinq et répartissez-vous les paragraphes. Votre lecture devra restituer le désespoir du personnage ainsi que la fermeté dans les indications. Appuyez-vous pour cela sur les marques de ponctuation expressive ainsi que sur la brièveté de la syntaxe. Vous insisterez également sur certains mots que vous aurez décidé de mettre en valeur. Recommencez en choisissant un autre paragraphe.

6 ***Métamorphosez les mots.***

Consignes. Formez deux équipes de deux. Chaque équipe sélectionne un verbe au hasard (vous pouvez vous aider des verbes de l'activité 3) et attend que l'autre équipe en donne le nom qui en est dérivé (*transformer* → *transformation*). Le groupe qui a trouvé le plus de noms est déclaré vainqueur.

7 *Formulez des antonymes à partir des mots du chapitre 10.*

Consignes. Constituez des groupes de deux. Choisissez un nom, verbe ou adjectif que vous aurez choisi dans le texte et donnez-en l'antonyme. Attention, si l'autre ne vous répond pas, vous devez être en mesure de lui fournir une réponse possible.

À vous d'écrire

8 *Utterson consomme accidentellement la potion du Dr Jekyll. Imaginez sa métamorphose.*

Consignes. Votre récit sera écrit à la première personne et devra insister sur les qualités d'origine du personnage et les défauts de l'être qu'il devient après avoir bu quelques gouttes de l'étrange potion. Votre texte, d'une vingtaine de lignes, sera écrit au passé et comprendra de nombreux points communs avec le dernier chapitre du roman.

9 *À votre tour, vous vous apercevez d'un changement radical dans l'attitude de votre meilleur(e) ami(e).*

Consignes. Rapportez dans un récit à la première personne, la modification de personnalité de votre ami(e). Insistez sur les changements radicaux de ses habitudes, sa façon de s'habiller ou de se coiffer ainsi que sur ses nouvelles fréquentations. Vous décidez d'alerter votre entourage. Employez le champ lexical de la transformation.

Du texte à l'image

Histoire des arts

• Affiche du film *Docteur Jekyll et M. Hyde* de Rouben Mamoulian, avec Fredric March, 1931.
• Tête de Janus, statue en marbre, XVIIIe siècle, jardin d'été (Letniy sad), Saint-Pétersbourg, Russie.

➡ Images reproduites en début d'ouvrage, au verso de la couverture.

Lire l'image

1 Présentez la nature et la technique de ces deux documents. Classez-les par ordre chronologique.

2 Regardez l'affiche du film de 1931. Identifiez le Dr Jekyll et M. Hyde.

Comparer le texte et l'image

3 Recherchez des informations sur le personnage mythologique de Janus. Comment est-il souvent représenté ?

4 Quel rapport pouvez-vous établir entre la représentation de Janus et le dénouement du roman de Stevenson ?

5 Quels détails de l'affiche de 1931 suggèrent que M. Hyde représente un danger pour Jekyll ?

À vous de créer

6 Formez des groupes de deux. Placez-vous l'un en face de l'autre. Le premier élève mime une action de son choix tandis que le deuxième devra reproduire l'attitude de son « double » en y ajoutant un élément supplémentaire. Inversez les rôles.

Arrêt sur l'œuvre

Des questions sur l'ensemble du récit

Une affaire mystérieuse

1 Quels sont les points de vue successifs qui guident la narration ? Pour répondre, complétez ce tableau.

Chapitre(s)	Nom du personnage
1 à 8	
9	
10	

Lesquels vous apportent le plus d'informations sur l'affaire ? Que remarquez-vous ?

2 Rétablissez la suite des événements en complétant l'axe chronologique ci-dessous.

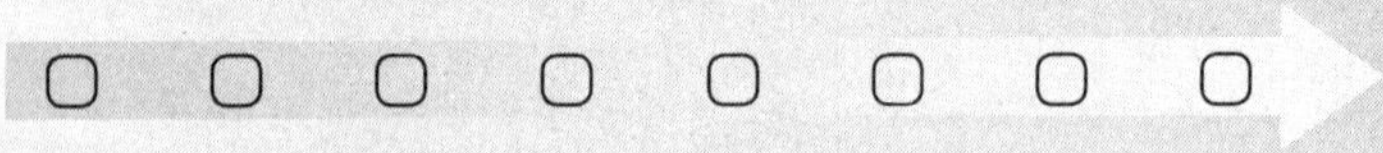

① Utterson rencontre M. Hyde

② Meurtre de Sir Carew

③ Mort du Dr Lanyon

④ Poole demande de l'aide à Utterson

⑤ Première transformation du Dr Jekyll en M. Hyde

⑥ Visite chez le Dr Lanyon

⑦ L'agression d'une fillette

⑧ Mort de Hyde

3 Quelle hypothèse Utterson émet-il sur l'état mental de son ami durant le roman ? La révélation finale lui donne-t-elle raison ?

4 Quel élément permet à la potion du Dr Jekyll de fonctionner ?

Le mal dans le roman

5 Relevez les différentes apparitions de M. Hyde dans le roman. À quel moment de la journée correspondent-elles ?

6 Dans quel quartier habite-t-il ? Quels champs lexicaux dominent la description de sa demeure (chapitre 4, l. 104 à 114) ?

7 Quels sont les sentiments que déclenche systématiquement la présence de M. Hyde chez les gens qui le rencontrent ? Relevez des exemples dans les chapitres 1, 2, 4, 8 et 9. Quelle explication apporte le Dr Jekyll à cette réaction ?

8 Associez chaque victime de M. Hyde au crime concerné.

La fillette •
Danvers Carew •
Une femme dans la rue •

• Meurtre
• Coups violents

La dualité humaine en question

9 Au départ, qu'est-ce qui pousse Jekyll à se transformer (chapitre 10) ?

10 Que peuvent symboliser les deux entrées de la maison du Dr Henry Jekyll ?

11 Le Dr Jekyll ignore-t-il l'attitude et les penchants de M. Hyde ? Les condamne-t-il totalement ?

12 Quelle signification peut-on attribuer aux phénomènes qui se produisent dans le laboratoire du Dr Jekyll au chapitre 8 ? Pour vous aider, relisez-le puis complétez ce tableau.

	Dr Jekyll	M. Hyde
Quel est le propriétaire de la maison ?		
Quelle voix Utterson et Poole entendent-ils ?		
Quel corps découvre-t-on dans le laboratoire ?		
À qui appartiennent les vêtements portés par la victime ?		

Des mots pour mieux s'exprimer

Lexique du double et des apparences

Analogie : ressemblance établie entre deux ou plusieurs éléments.
Calquer : reproduire par transparence en suivant les contours d'un modèle.
Caricature : portrait grotesque d'une personne dont on veut se moquer.
Contrefaire : imiter à la perfection.
Dualité : état de ce qui est double.
Duo : ensemble musical composé de deux éléments.
Duplicité : attitude qui consiste à tromper son entourage en prétendant être une autre personne.
Dupliquer : établir une copie de quelque chose.
Écho : répétition d'un son lorsqu'il frappe une paroi.
Égal : semblable.
Faux-semblant : apparence trompeuse.
Jumeau : qui se rapporte à des enfants nés d'un même accouchement.
Mirage : illusion d'optique.
Plagier : emprunter des créations à d'autres auteurs en les signant de son nom.
Reflet : réflexion de l'image d'une forme sur une autre.
Réplique : copie très ressemblante.
Reproduction : copie d'une œuvre.
Similaire : à l'aspect identique.
Sosie : personne qui manifeste une indéniable ressemblance avec une autre.
Trompe-l'œil : peinture qui donne l'illusion de la réalité.
Vraisemblance : apparence de la vérité.

1 ***Mots mêlés***

Retrouvez tous les mots du lexique du double et des apparences dans la grille ci-dessous. Les lettres qui restent vous serviront à compléter l'identité d'un célèbre couple de personnages de la littérature fantastique. Les mots peuvent se lire de gauche à droite et de droite à gauche, de haut en bas et de bas en haut.

R	E	P	R	O	D	U	C	T	I	O	N	H
D	W	R	S	I	M	I	L	A	I	R	E	E
A	D	U	P	L	I	C	I	T	E	N	I	C
R	E	R	U	T	A	C	I	R	A	C	G	O
E	E	T	I	L	A	U	D	O	E	E	O	N
F	M	I	R	A	G	E	R	M	C	G	L	T
L	C	A	L	Q	U	E	R	P	H	A	A	R
E	J	U	M	E	A	U	D	E	O	L	N	E
T	N	A	L	B	M	E	S	-	X	U	A	F
D	U	O	R	E	U	Q	I	L	P	U	D	A
P	L	A	G	I	E	R	J	Œ	Y	H	E	I
E	I	S	O	S	E	U	Q	I	L	P	E	R
V	R	A	I	S	E	M	B	L	A	N	C	E

_ _ _ _ _ _ _EKYLL

_ _ _ _ _ _ _YDE

2 ***Les mots latins* duellum et duo *ont donné de nombreux mots en français moderne. Pourriez-vous en retrouver trois ?***

Lexique du bien et du mal

Abus : conduite ou usage inapproprié.
Angélique : propre à un ange.
Débauche : activité de celui qui s'adonne excessivement aux plaisirs.
Démoniaque : possédé par le démon.
Divin : qui appartient à un dieu.
Justice : pouvoir qui permet le respect des droits des autres.
Morale : qui permet de distinguer le bien du mal.
Pervers : enclin au mal.
Satanique : qui a un rapport avec le diable.
Vertueux : qui un penchant pour le bien.

1 ***Formez des adjectifs à partir des noms suivants. Entourez l'intrus. Justifiez.***

Satan ➜ ______________.
Diable ➜ ______________.
Ange ➜ ______________.
Lucifer ➜ ______________.
Démon ➜ ______________.
Enfer ➜ ______________.

2 ***Associez chaque expression à sa définition.***

Expressions	Définitions
1. Vendre son âme au diable.	**a.** Être très satisfait.
2. Au diable Vauvert.	**b.** Prendre le contre-pied sans forcément adhérer à son propre discours.
3. Être aux anges.	**c.** Une personne très malfaisante.
4. Réveiller de vieux démons.	**d.** Très loin.
5. Un suppôt de Satan.	**e.** Accomplir une mauvaise action afin d'en tirer profit.
6. Se faire l'avocat du diable.	**f.** Évoquer des souvenirs pénibles.

1. ☐ **2.** ☐ **3.** ☐ **4.** ☐ **5.** ☐ **6.** ☐

À vous de créer

1 *Adapter* L'Étrange Cas du Dr Jekyll et de M. Hyde *en roman-photo*

Activité interdisciplinaire

- **Disciplines croisées :** Français, Arts plastiques
- **Thématique :** Culture et création artistiques

En classe entière, vous allez adapter le roman de R. L. Stevenson sous la forme d'un roman-photo d'une douzaine de diapositives.

Étape 1. Préparer le roman-photo.
– Sélectionnez douze scènes importantes du roman.
– Pour chaque scène, notez les éléments dont vous aurez besoin : accessoires, costumes, éléments de décor.
– Répartissez-vous les rôles.

Étape 2. Prendre les photographies.
– Prenez des poses fixes en exagérant les expressions de vos visages et l'expressivité de vos gestes.
– Multipliez les cadrages dans les plans utilisés.
– Jouez sur les éclairages.
– Mettez l'accent sur des objets importants à l'aide de gros plans.

Étape 3. Mettre en œuvre le roman-photo.
– Placez vos photographies dans un logiciel de présentation en diaporama (type Powerpoint®).
– Placez une ou deux répliques ou commentaires entre chaque diapositive. Soyez attentifs au choix de la police et à sa taille.
– Accompagnez le diaporama par une bande-son significative.

2 *Publier un article de presse*

Inventez et publiez l'article qui rapporte la découverte du cadavre de M. Hyde par la police et la disparition du Dr Jekyll.

Étape 1. Poser le cadre de votre récit.
– Relisez attentivement le chapitre 8 du roman.
– Retrouvez-y les indications spatio-temporelles.
– Rédigez l'introduction en employant le lexique de l'angoisse.
– Commencez en précisant qu'un corps a été découvert.

Étape 2. Recueillir les informations nécessaires.
– Rétablissez la chronologie des faits durant la soirée.
– Relevez tous les noms des personnages cités.
– Rapportez l'arrivée de la police et la découverte du cadavre.
– Présentez rapidement M. Hyde.

Étape 3. Intégrer une interview fictive.
– Imaginez les confidences de Poole et de M. Utterson.
– Insérez leurs paroles dans votre récit sous la forme de paroles rapportées au style direct.

Étape 4. Rapporter les conclusions de l'enquête.
– Formulez les hypothèses de la police.
– Montrez l'incertitude de connaître la vérité sur ce drame.
– Employez le vocabulaire du mystère.

Étape 5. Publier l'article en ligne.
– Connectez-vous sur le site **https://madmagz.com/fr** et suivez les étapes de la réalisation de la page.
– Pensez à intégrer des illustrations (quartiers de Londres, affiches des adaptations cinématographiques du roman, dessins de la scène du crime...).

Groupements de textes

Groupement 1

Le double dans la littérature fantastique

Théophile Gautier, *La Morte amoureuse*

Dans *La Morte amoureuse*, Théophile Gautier (1811-1872) rapporte la confidence du narrateur, un vieux prêtre nommé Romuald, à un jeune religieux. Il lui révèle que, durant sa jeunesse, il vit son existence basculer et se dédoubler.

J'ai été pendant plus de trois ans le jouet d'une illusion singulière et diabolique. Moi, pauvre prêtre de campagne, j'ai mené en rêve toutes les nuits (Dieu veuille que ce soit un rêve!) une vie de damné, une vie de mondain[1] et de Sardanapale[2]. Un seul regard trop plein de complaisance jeté sur une femme pensa causer la perte de mon âme; mais enfin, avec l'aide de Dieu et de mon saint patron, je suis parvenu à chasser l'esprit

1. **Mondain**: qui fréquente la haute société et s'y montre.
2. **Sardanapale**: roi d'Assyrie (de 669 à 662 av. J.-C.) qui vivait dans la débauche.

malin qui s'était emparé de moi. Mon existence s'était compliquée d'une existence nocturne entièrement différente. Le jour, j'étais un prêtre du Seigneur, chaste[1], occupé de la prière et des choses saintes; la nuit, dès que j'avais fermé les yeux, je devenais un jeune seigneur, fin connaisseur en femmes, en chiens et en chevaux, jouant aux dés, buvant et blasphémant; et lorsqu'au lever de l'aube je me réveillais, il me semblait au contraire que je m'endormais et que je rêvais que j'étais prêtre. De cette vie somnambulique il m'est resté des souvenirs d'objets et de mots dont je ne puis pas me défendre, et, quoique je ne sois jamais sorti des murs de mon presbytère[2], on dirait plutôt, à m'entendre, un homme ayant usé de tout et revenu du monde, qui est entré en religion et qui veut finir dans le sein de Dieu des jours trop agités, qu'un humble séminariste[3] qui a vieilli dans une cure ignorée, au fond d'un bois et sans aucun rapport avec les choses du siècle.

Théophile Gautier, *La Morte amoureuse* [1836],
dans *La Morte amoureuse et autres nouvelles fantastiques*,
Belin-Gallimard, « Classico », 2018.

Edgar Allan Poe, *William Wilson*

Cette nouvelle publiée en 1839 fait partie du recueil des *Nouvelles Histoires extraordinaires* d'Edgar Allan Poe (1809-1849). Depuis son plus jeune âge, le narrateur est poursuivi par un être portant le même nom que lui, qui surgit épisodiquement pour dénoncer ses comportements immoraux. Au cours d'un bal masqué à Rome, les deux adversaires se retrouvent face à face et se battent en duel.

En entrant, je le jetai furieusement loin de moi. Il alla chanceler[4] contre le mur; je fermai la porte en jurant, et lui ordon-

1. **Chaste**: qui n'a pas de relation sexuelle.
2. **Presbytère**: habitation d'un prêtre.
3. **Séminariste**: celui qui étudie pour devenir prêtre.
4. **Chanceler**: être sur le point de tomber.

nai de dégainer. Il hésita une seconde ; puis, avec un léger soupir, il tira silencieusement son épée et se mit en garde.

Le combat ne fut certes pas long. J'étais exaspéré par les plus ardentes excitations de tout genre, et je me sentais dans un seul bras l'énergie et la puissance d'une multitude. En quelques secondes, je l'acculai par la force du poignet contre la boiserie[1], et, là, le tenant à ma discrétion[2], je lui plongeai, à plusieurs reprises et coup sur coup, mon épée dans la poitrine avec une férocité de brute.

En ce moment, quelqu'un toucha à la serrure de la porte. Je me hâtai de prévenir[3] une invasion importune[4], et je retournai immédiatement vers mon adversaire mourant. Mais quelle langue humaine peut rendre suffisamment cet étonnement, cette horreur qui s'emparèrent de moi au spectacle que virent alors mes yeux. Le court instant pendant lequel je m'étais détourné avait suffi pour produire, en apparence, un changement matériel dans les dispositions locales à l'autre bout de la chambre. Une vaste glace – dans mon trouble, cela m'apparut d'abord ainsi – se dressait là où je n'en avais pas vu trace auparavant ; et, comme je marchais frappé de terreur vers ce miroir, ma propre image, mais avec une face pâle et barbouillée de sang, s'avança à ma rencontre d'un pas faible et vacillant.

C'était ainsi que la chose m'apparut, dis-je, mais telle elle n'était pas. C'était mon adversaire, – c'était Wilson qui se tenait devant moi dans son agonie. Son masque et son manteau gisaient sur le parquet, là où il les avait jetés. Pas un fil dans son vêtement, – pas une ligne dans toute sa figure si caractérisée et si singulière, – qui ne fût *mien*, – qui ne fût *mienne* ; – c'était l'absolu dans l'identité !

Edgar Allan Poe, *William Wilson* [1839], dans *Nouvelles Histoires extraordinaires*, trad. de Charles Baudelaire, © Le Livre de poche, 1972.

---

1. **Boiserie** : panneau de bois qui recouvre un mur.
2. **À ma discrétion** : à ma merci.
3. **Prévenir** : ici, empêcher.
4. **Importune** : gênante.

Groupements de textes

Guy de Maupassant, *Le Horla*

Cette seconde version du *Horla* de Guy de Maupassant (1850-1893) présente, sous la forme d'un journal intime, un narrateur en quête de repos dans une maison normande. Constatant la continuelle dégradation de son état physique et mental, il se demande ici s'il n'est pas possédé par une force surnaturelle.

5 juillet. – Ai-je perdu la raison ? Ce qui s'est passé, ce que j'ai vu la nuit dernière est tellement étrange, que ma tête s'égare quand j'y songe !

Comme je le fais maintenant chaque soir, j'avais fermé ma porte à clef ; puis, ayant soif, je bus un demi-verre d'eau, et je remarquai par hasard que ma carafe était pleine jusqu'au bouchon de cristal.

Je me couchai ensuite et je tombai dans un de mes sommeils épouvantables, dont je fus tiré au bout de deux heures environ par une secousse plus affreuse encore.

Figurez-vous un homme qui dort, qu'on assassine, et qui se réveille, avec un couteau dans le poumon, et qui râle couvert de sang, et qui ne peut plus respirer, et qui va mourir, et qui ne comprend pas – voilà.

Ayant enfin reconquis ma raison, j'eus soif de nouveau ; j'allumai une bougie et j'allai vers la table où était posée ma carafe. Je la soulevai en la penchant sur mon verre ; rien ne coula. – Elle était vide ! Elle était vide complètement ! D'abord, je n'y compris rien ; puis, tout à coup, je ressentis une émotion si terrible, que je dus m'asseoir, ou plutôt, que je tombai sur une chaise ! puis, je me redressai d'un saut pour regarder autour de moi ! puis je me rassis, éperdu d'étonnement et de peur, devant le cristal transparent ! Je le contemplais avec des yeux fixes, cherchant à deviner. Mes mains tremblaient ! On avait donc bu cette eau ? Qui ? Moi ? moi, sans doute ? Ce ne pouvait être que moi ? Alors, j'étais somnambule, je vivais, sans le savoir, de cette double vie mystérieuse qui fait douter s'il y a deux êtres en nous, ou si un être étranger, inconnaissable et invisible, anime, par moments, quand notre âme est engourdie, notre corps captif[1] qui obéit à cet autre, comme à nous-mêmes, plus qu'à nous-mêmes.

Ah ! qui comprendra mon angoisse abominable ? Qui comprendra l'émotion d'un homme, sain d'esprit, bien éveillé, plein de raison et qui regarde épouvanté, à travers le verre d'une carafe, un peu d'eau disparue pendant qu'il a dormi ! Et je restai là, jusqu'au jour, sans oser regagner mon lit.

Guy de Maupassant, *Le Horla* [1887],
Belin-Gallimard, « Classico », 2011.

Oscar Wilde, *Le Portrait de Dorian Gray*

Cette nouvelle d'Oscar Wilde (1854-1900) met en scène le beau et jeune Dorian Gray, qui fait le vœu de conserver pour toujours l'éclat de sa beauté alors que son portrait vieillirait à sa place et assumerait seul les fautes qu'il commettrait. Un soir, il confie son secret au peintre qui lui avait offert le portrait.

Une exclamation d'horreur s'échappa des lèvres du peintre lorsqu'il vit dans la lumière confuse le visage hideux qui grimaçait sur la toile. Son expression l'emplit de dégoût et d'horreur. Juste ciel ! C'était le vrai visage de Dorian Gray qu'il regardait ! L'horreur, d'où qu'elle vînt, n'avait pas encore complètement abîmé cette merveilleuse beauté. Il restait un peu d'or dans les cheveux clairsemés, un peu d'écarlate sur la bouche sensuelle. Les yeux hébétés avaient gardé un peu de leur jolie couleur bleue, la noblesse des courbes n'avait pas encore complètement abandonné les narines ciselées[2] et le cou sculptural[3]. Oui, c'était Dorian en personne. Mais qui l'avait peint ? Il lui sembla reconnaître ses coups de pinceau et c'était lui qui avait dessiné le cadre. L'idée était invraisemblable et cependant il avait peur. Il saisit la bougie allumée

1. **Captif** : prisonnier.
2. **Ciselées** : finement découpées.
3. **Sculptural** : digne d'une sculpture.

et l'approcha du tableau. Dans l'angle de gauche son propre nom était tracé en longues lettres d'un vermillon[1] pimpant.

C'était quelque répugnante parodie[2], quelque satire[3] infâme, ignoble. Il n'avait jamais peint cela. Et pourtant c'était bien son tableau ! Il le savait, et il sentait que son sang en feu s'était soudain transformé en un lent écoulement de glace. Son propre tableau ! Qu'est-ce que cela signifiait ? Pourquoi avait-il changé ? Il se retourna et regarda Dorian Gray avec des yeux de malade. Sa bouche se tordait et sa langue desséchée semblait incapable d'articuler. Il se passa la main sur son front qu'il trouva trempé d'une sueur poisseuse.

Oscar Wilde, *Le Portrait de Dorian Gray* [1890], trad. de Vladimir Volkoff,

Maurice Leblanc, *Les Formes*

Dans cette nouvelle de Maurice Leblanc (1864-1941), le narrateur se désespère de la mort de son meilleur ami Guillaume quand un jour, il croise son sosie parfait. Ce double mystérieux se révèle le parfait contraire de l'ami fidèle et courtois d'autrefois. Incapable de lui résister, le narrateur cède à toutes ses demandes.

J'ai bien souffert, je souffrais surtout de ne pouvoir m'arracher à lui. Je voyais distinctement les ravages qu'il faisait dans ma vie, j'avais des preuves quotidiennes de ses vols, ma fortune passait tout entière entre ses mains, j'allais vers la ruine et vers le déshonneur, et je ne pouvais rien. Je me révoltais. Je luttais de toutes mes forces contre cette influence monstrueuse. Vainement. Il me regardait, il me parlait, et j'obéissais, parce que j'avais l'illusion, tout en sachant clairement la vérité, que c'était Guillaume qui me regardait et me parlait. À chaque expérience, il me semblait impossible que cette forme d'être,

1. **Vermillon** : rouge
2. **Parodie** : imitation grossière.
3. **Satire** : imitation moqueuse.

forme que j'avais pris l'habitude d'associer chez mon ami à des idées de dévouement et de propreté morale, pût recouvrir de la laideur et de l'égoïsme. Et chaque fois je me livrais avec la même espérance. Ne me livrais-je pas à Guillaume, jadis ?

Étais-je fou ? Nullement. Nos rapports avec les autres obéissent à des lois mystérieuses. Ma destinée est de subir l'influence d'un être ayant cette forme spéciale. Je l'ai trouvée deux fois, et je me suis d'autant plus abandonné la seconde fois que, la première, j'avais été heureux et récompensé de ma confiance.

Donc, je n'étais pas fou, et pourtant… pourtant, je me prenais souvent la tête avec angoisse, et je la tâtais comme pour boucher quelque fissure par où s'échappaient peut-être des morceaux de ma raison, car enfin on ne se laisse pas ainsi ruiner et traiter comme un enfant, parce qu'un homme a des traits et des gestes semblables à ceux de quelqu'un que l'on aimait. À bien l'examiner, ma conduite avait quelque chose d'étrange et de puéril. Somme toute, n'étais-je pas fou ?

Il arriva que je dus le présenter à ma femme. Il l'ordonna, et, malgré ma répugnance, il fallut souscrire à ce caprice. Naturellement, Louise fut frappée de sa ressemblance avec Guillaume. Mais son instinct de femme la mit en garde contre lui, et elle me dit :

« Fais attention, c'est un méchant homme. »

Maurice Leblanc, *Les Formes* [1898], dans *Contes du Journal et d'ailleurs (1890-1929)*, préface de Cédric Hannedouche,

Groupements de textes

Groupement 2
Habiles détectives

Voltaire, *Zadig*

Ce conte philosophique de Voltaire (1694-1778) rapporte les mésaventures successives subies par le jeune Zadig. Accusé à tort d'avoir volé la chienne de la reine et le cheval du roi sur lesquels il a fourni de nombreux détails, il est invité ici à prouver son innocence. Les nombreuses précisions qu'il a données sur les animaux sont en fait liées à ses hautes capacités de déduction.

« Voici ce qui m'est arrivé : je me promenais vers le petit bois où j'ai rencontré depuis le vénérable eunuque[1] et le très illustre grand veneur[2]. J'ai vu sur le sable les traces d'un animal, et j'ai jugé aisément que c'étaient celles d'un petit chien. Des sillons légers et longs, imprimés sur de petites éminences[3] de sable entre les traces des pattes, m'ont fait connaître que c'était une chienne dont les mamelles étaient pendantes, et qu'ainsi elle avait fait des petits il y a peu de jours. D'autres traces en un sens différent, qui paraissaient toujours avoir rasé la surface du sable à côté des pattes de devant, m'ont appris qu'elle avait les oreilles très longues ; et comme j'ai remarqué que le sable était toujours moins creusé par une patte que par les trois autres, j'ai compris que la chienne de notre auguste[4] reine était un peu boiteuse, si je l'ose dire.

« À l'égard du cheval du roi des rois, vous saurez que, me promenant dans les routes de ce bois, j'ai aperçu les marques des fers d'un cheval ; elles étaient toutes à égales distances. Voilà, ai-je dit, un cheval qui a un galop parfait. La poussière

1. **Eunuque** : officier, aux ordres de la reine, à qui l'on a retiré ses organes sexuels.
2. **Veneur** : responsable des chasses organisées par le roi.
3. **Éminences** : monticules de terre.
4. **Auguste** : respectable.

Groupements de textes

des arbres, dans une route étroite qui n'a que sept pieds[1] de large, était un peu enlevée à droite et à gauche, à trois pieds et demi du milieu de la route. Ce cheval, ai-je dit, a une queue de trois pieds et demi, qui, par ses mouvements de droite et de gauche, a balayé cette poussière. J'ai vu sous les arbres, qui formaient un berceau de cinq pieds de haut, les feuilles des branches nouvellement tombées; et j'ai connu que ce cheval y avait touché, et qu'ainsi il avait cinq pieds de haut. Quant à son mors[2], il doit être d'or à vingt-trois carats[3]; car il en a frotté les bossettes[4] contre une pierre que j'ai reconnue être une pierre de touche[5], et dont j'ai fait l'essai. J'ai jugé enfin par les marques que ses fers ont laissées sur des cailloux d'une autre espèce, qu'il était ferré d'argent à onze deniers[6] de fin.»

Voltaire, *Zadig* [1747], chap. III,
Belin-Gallimard, «Classico», 2010.

Edgar Allan Poe, *La Lettre volée*

Dans *La Lettre volée* d'Edgar Allan Poe (1809-1849), le détective Auguste Dupin est chargé par la police de récupérer une lettre dérobée à la famille royale par un dénommé D… Quelque temps plus tard, Dupin restitue la lettre et raconte au préfet de police de quelle façon le voleur l'avait dissimulée. Pour la retrouver, Dupin s'est rendu chez le voleur et a méthodiquement observé les lieux jusqu'à reconnaître le précieux document.

«À peine eus-je jeté un coup d'œil sur cette lettre, que je conclus que c'était celle dont j'étais en quête. Évidemment elle était, par son aspect, absolument différente de celle dont

---

1. **Sept pieds**: environ deux mètres dix (un pied équivaut environ à trente centimètres).
2. **Mors**: pièce métallique insérée dans la bouche du cheval.
3. **Carats**: servent à mesurer la pureté des métaux précieux (un carat représente 1/24 de la masse totale d'un alliage). L'or à vingt-trois carats est donc un or presque pur.
4. **Bossettes**: pièces attachées aux extrémités du mors.
5. **Pierre de touche**: fragment de jaspe noir qui permet de mesurer la pureté de l'or.
6. **Onze deniers**: ancienne monnaie.

le préfet nous avait lu une description si minutieuse. Ici, le sceau était large et noir avec le chiffre de D… ; dans l'autre, il était petit et rouge, avec les armes[1] ducales[2] de la famille S… Ici, la suscription[3] était d'une écriture menue et féminine ; dans l'autre, l'adresse, portant le nom d'une personne royale, était d'une écriture hardie, décidée et caractérisée ; les deux lettres ne se ressemblaient qu'en un point, la dimension. Mais le caractère excessif de ces différences, fondamentales en somme, la saleté, l'état déplorable du papier, fripé et déchiré, qui contredisaient les véritables habitudes de D…, si méthodique, et qui dénonçaient l'intention de dérouter un indiscret en lui offrant toutes les apparences d'un document sans valeur, – tout cela, en y ajoutant la situation impudente[4] du document mis en plein sous les yeux de tous les visiteurs et concordant[5] ainsi exactement avec mes conclusions antérieures, – tout cela, dis-je, était fait pour corroborer[6] décidément les soupçons de quelqu'un venu avec le parti pris du soupçon.

Je prolongeai ma visite aussi longtemps que possible, et, tout en soutenant une discussion très vive avec le ministre sur un point que je savais être pour lui d'un intérêt toujours nouveau, je gardais invariablement mon attention braquée sur la lettre. Tout en faisant cet examen, je réfléchissais sur son aspect extérieur et sur la manière dont elle était arrangée dans le porte-cartes, et à la longue je tombai sur une découverte qui mit à néant le léger doute qui pouvait me rester encore. En analysant les bords du papier, je remarquai qu'ils étaient plus éraillés[7] que *nature*. Ils présentaient l'aspect cassé d'un papier dur, qui, ayant été plié et foulé par le couteau à papier, a été replié dans le sens inverse, mais dans les mêmes

1. **Armes** : armoiries d'une famille.
2. **Ducales** : en rapport avec un duc ou une duchesse.
3. **Suscription** : adresse écrite sur une lettre.
4. **Impudente** : insolente.
5. **Concordant** : en accord.
6. **Corroborer** : confirmer.
7. **Éraillés** : déchirés.

plis qui constituaient sa forme première. Cette découverte me suffisait. Il était clair pour moi que la lettre avait été retournée comme un gant, repliée et recachetée. »

Edgar Allan Poe, *La Lettre volée* [1844], dans *Histoires extraordinaires*, trad. de Charles Baudelaire, © Le Livre de poche, 1972.

Arthur Conan Doyle, *Une étude en rouge*

***Une étude en rouge* raconte la première enquête du duo que forment Sherlock Holmes et le docteur Watson. Arthur Conan Doyle (1859-1930) y présente la méthode d'analyse de son célèbre détective. Dans cette conversation, Holmes éclaire Watson sur les étranges circonstances de leur rencontre durant laquelle le détective avait donné d'innombrables détails sur le docteur Watson sans même l'avoir rencontré.**

« C'est bien cela. J'ai une espèce d'intuition pour ce genre d'affaires… De temps à autre, un cas plus compliqué se présente. Alors, pour me rendre compte par moi-même des circonstances, il faut que je me remue. Je possède, comme vous savez, un tas de connaissances spéciales ; je les applique au problème ; elles me facilitent merveilleusement les choses. Les règles de déduction que j'ai exposées dans cet article qui a suscité votre mépris me sont à moi d'un secours inappréciable. Comprenez que, chez moi, l'observation est une seconde nature… Tenez, vous avez paru surpris, quand je vous ai dit, lors de notre première rencontre, que vous veniez de l'Afghanistan.

– On vous l'avait appris, sans aucun doute.

– Non, je le *savais*. Par suite d'une longue habitude, les idées s'enchaînent si vite dans mon esprit que je suis arrivé à la conclusion sans m'être rendu compte des étapes qui y conduisent. Le raisonnement que j'ai fait tout d'un coup à votre sujet s'explique ainsi : « Voici un monsieur qui a l'air d'un médecin ; il a également l'air d'un militaire ; c'est donc évidemment un médecin militaire. Son visage est brun ; or, ce n'est

Groupements de textes

pas la couleur naturelle de sa peau puisqu'il a des poignets blancs ; il revient donc des tropiques. Il a souffert de maladie et de privations, comme me l'indique sa mine pas brillante. Il a été blessé au bras gauche, car il le tient avec une raideur qui n'est pas naturelle. À quel endroit des tropiques un médecin de l'armée anglaise a-t-il pu en voir de dures, et être blessé au bras ? Évidemment en Afghanistan. » Tout ce raisonnement se déroula en moins d'une seconde. D'où ma remarque qui vous a étonné.

– C'est assez simple, vu sous l'angle où vous l'expliquez, dis-je en souriant. Vous me rappelez le Dupin d'Edgar Allan Poe. Je ne me doutais pas qu'il existe ailleurs que dans les livres des phénomènes de ce genre. »

Arthur Conan Doyle, *Une étude en rouge* [1887], dans *Sherlock Holmes*, t. 1, trad. de P. Baillargeon, © Robert Laffont, « Bouquins », 1987.

Maurice Leblanc, *L'Écharpe de soie rouge*

Arsène Lupin, célèbre gentleman-cambrioleur imaginé par Maurice Leblanc (1864-1941), fournit ici à l'inspecteur Ganimard, les preuves matérielles d'un drame qui s'est déroulé la veille. Arsène Lupin déduit à partir d'objets emballés dans une écharpe rouge les circonstances d'une scène de crime...

« Ainsi, donc, *hier soir après neuf heures* (ce fragment de journal porte la date d'hier et la mention « journal du soir » ; en outre tu peux voir ici, collée au papier, une parcelle[1] de ces bandes jaunes sous lesquelles on envoie les numéros d'abonnés, numéros qui n'arrivent à domicile qu'au courrier de neuf heures), donc, après neuf heures, *un monsieur bien habillé* (veuille bien noter que ce petit éclat de verre présente sur un des bords le trou rond d'un monocle[2], et que le monocle est un ustensile essentiellement aristocratique),

1. **Parcelle** : petit morceau.
2. **Monocle** : verre correcteur que l'on fait tenir sur un œil.

un monsieur bien habillé est entré dans une pâtisserie (voici le cartonnage très mince, en forme de boîte, où l'on voit encore un peu de la crème des meringues et de l'éclair qu'on y rangea selon l'habitude). Muni de son paquet, le monsieur au monocle rejoignit cette jeune personne dont cette écharpe de soie rouge écarlate indique suffisamment les *allures excentriques.* L'ayant rejointe, et pour des motifs encore inconnus, il la frappa d'abord à *coups de couteau, puis l'étrangla à l'aide de cette écharpe de soie.* (Prend ta loupe, inspecteur principal, et tu verras, sur la soie, des marques d'un rouge plus foncé qui sont, ici, les marques d'un couteau que l'on essuie, et là, celles d'une main sanglante qui se cramponne à une étoffe.) Son crime commis, et afin de ne laisser aucune trace derrière lui, il sort de sa poche : 1° le journal auquel il est abonné, et qui (parcours ce fragment) est un journal de courses dont il te sera facile de connaître le titre ; 2° une corde qui se trouve être une corde à fouet (et ces deux détails te prouvent, n'est-ce pas, que notre homme s'intéresse aux courses et s'occupe lui-même de cheval). Ensuite, il recueille les débris de son monocle dont le cordon s'est cassé pendant la lutte. Il coupe avec des ciseaux (examine les hachures des ciseaux), il coupe la partie maculée[1] de l'écharpe, laissant l'autre sans doute aux mains crispées de la victime. Il fait une boule avec le cartonnage du pâtissier. Il dépose aussi certains objets dénonciateurs qui, depuis, ont dû glisser dans la Seine, comme le couteau. Il enveloppe le tout avec un journal, ficelle et attache, pour faire poids, cet encrier de cristal. Puis il décampe. Un instant plus tard, le paquet tombe sur la péniche du marinier. Et voilà. Ouf ! j'en ai chaud. Que dis-tu de l'aventure ? »

Maurice Leblanc, *L'Écharpe de soie rouge* [1911],
dans *Les Confidences d'Arsène Lupin*, *Arsène Lupin*, t. 1,
© Robert Laffont, « Bouquins », 1986.

1. **Maculée** : tachée.

Groupements de textes

Stanislas-André Steeman, *Le Mort dans l'ascenseur*

L'inspecteur Wens alias Wenceslas Vorobeïtchik est un enquêteur élégant qu'invente au début du XXe siècle l'auteur belge Stanislas-André Steeman (1908-1970). Il est chargé ici de faire toute la lumière sur un meurtre. Plus tôt dans la soirée, M. Heldinge fait appel au détective, car il prétend être la victime d'un chantage qu'exerce un dénommé Thiénot. Ce dernier arrive chez Heldinge pour y être arrêté par l'inspecteur Wens. C'est alors qu'un cri retentit et que Thiénot est retrouvé mort dans l'ascenseur de l'immeuble. Au terme d'une brève enquête, Wens rend ses conclusions.

« Certainement, dit Wens. Et, pendant ce temps, M. le Juge me fera le plaisir de remplir le mandat en blanc que j'avais apporté. Il voudra bien le remplir au nom de M. Heldinge. »

Ce dernier devint livide.

« C'est une bonne plaisanterie, je suppose ? interrogea-t-il d'une voix tremblante.

– Non point, répondit Wens. Ce qui vous perd, je vous le répète, c'est une simple faute de goût. Vous possédez une remarquable panoplie d'armes anciennes. Ce stylet[1] y a sa place toute désignée... Ne bougez pas ! Mon browning[2] se trouve dans la poche de mon veston, prêt à partir... Non, réellement, la sagaie[3], par quoi vous avez remplacé ce stylet, détonne dans l'ensemble des armes anciennes, et toutes européennes, qui composent votre panoplie. Cela a tout de suite choqué mon sens esthétique. Avant de me rendre à votre invitation, je savais, d'autre part, que vous vous trouviez dans un précaire[4] état de fortune, alors que M. Thiénot possède de fort beaux revenus et une maîtresse charmante. Le manche de ce stylet, privé de ses pierres précieuses, en dira plus long

1. **Stylet** : poignard.
2. **Browning** : pistolet.
3. **Sagaie** : lance.
4. **Précaire** : fragile.

là-dessus qu'un exposé détaillé. C'est vous, mon cher monsieur, qui avez voulu faire *chanter* votre victime. Mais comme elle parlait de vous dénoncer, vous vous êtes décidé à lui régler son compte. Croyez que j'admire beaucoup votre adresse. Tuer votre ennemi dans l'ombre ? Trop dangereux ! Vous l'attirez ici après m'avoir invité à assister à l'entrevue qui, vous le savez, n'aura pas lieu. Vous renversez les rôles. Un inspecteur de police ! Où trouver plus éclatant témoin de votre innocence ? Et, pendant que je me morfonds derrière un paravent[1], vous allez au-devant de Thiénot, monté vivant par ses propres moyens, et vous le poignardez proprement… Une cigarette, mon cher ? »

Quelques minutes plus tard, deux agents entraînaient Heldinge, menottes aux poings.

Stanislas-André Steeman, *Le Mort dans l'ascenseur* [1930], *dans Six hommes morts* [1931] © Stanislas-André Steeman, 1930, © Librairie des Champs-Élysées, 1991.

Groupements de textes

1. **Paravent** : meuble formé de panneaux verticaux.

Questions sur les groupements de textes

Le double en littérature fantastique

1. Reliez chaque extrait à la forme du double qu'on y trouve.

La Morte amoureuse •	• Un être invisible
William Wilson •	• Un ami disparu
Le Horla •	• Un être immoral
Le Portrait de Dorian Gray •	• Un dénonciateur
Les Formes •	• Une peinture

2. Remarquez les pronoms personnels employés dans la narration. Quel est l'effet recherché sur le lecteur ? Quel texte n'emploie pas ce procédé ?

3. D'après vous, quelle peur ou quel refus des personnages est exprimé par le thème du double dans chaque extrait ?

Groupements de textes

Habiles détectives

1. Quel extrait n'appartient pas au genre policier ?

2. Remplissez ce tableau en précisant le nom de celui qui déduit et l'objet de la déduction.

	Nom	Objet de la déduction
Zadig		
La Lettre volée		
Une étude en rouge		
L'Écharpe de soie rouge		
Le Mort dans l'ascenseur		

3. Dans quel but ces déductions sont-elles systématiquement réalisées ?

Autour de l'œuvre

Interview imaginaire de Robert Louis Stevenson

Robert Louis Stevenson (1850-1894)

Parlez-nous de votre enfance.

Je suis né le 13 novembre 1850 et j'ai grandi à Édimbourg en Écosse. Adolescent, je suis tombé sérieusement malade et j'ai été contraint de garder le lit durant des semaines. Les médecins m'ont diagnostiqué une faiblesse dans les poumons. Cette maladie que j'ai contractée durant mon enfance m'a suivi toute ma vie. Certains disent que cette faiblesse pulmonaire me serait venue de ma mère, Margaret. Pendant ces années de maladie, je passais mes journées à écouter les vieilles histoires écossaises que me contait mon adorable nourrice, Alison Cunningham, et je m'essayais moi-même à l'écriture. Je n'avais pas encore atteint mes dix ans que j'affirmais ma volonté de devenir écrivain. À partir de 1863, l'état de ma mère a exigé de fréquents séjours dans le sud de la France.

Dix ans plus tard, j'ai été victime d'une rechute assez grave ; les médecins m'ont alors prescrit la même destination. Entre Menton et Monaco, je dévorais les romans de Balzac.

⏭ *Votre famille vous a-t-elle soutenu dans votre projet professionnel ?*

Mon père souhaitait que j'entreprenne des études d'ingénieur. Tout comme son père avant lui, il était ingénieur et dirigeait une entreprise spécialisée dans la construction de phares. Aussi, mon père m'embarquait à la moindre occasion à ses côtés pour ses tournées d'inspection. Il m'a même expédié en 1868 sur la côte est de l'Écosse pour superviser la construction d'un navire. Rien n'y faisait, ma vocation d'auteur était plus forte. Je commençais à publier des feuilletons dans la presse et fréquentais assidûment les cercles littéraires. Mon père l'a compris et l'a difficilement accepté. C'est pourquoi il m'a prié d'entamer des études de droit pour devenir avocat. J'ai été reçu au barreau d'Édimbourg en 1875. Mais je n'ai jamais souhaité pratiquer. J'ai surtout poursuivi mon activité d'écrivain.

⏭ *Aimez-vous les voyages ?*

Oui, j'ai multiplié les voyages en Europe, en France plus particulièrement. J'y ai même été arrêté par les gendarmes qui m'accusaient d'espionner pour le compte des Prussiens. C'est au cours de l'un de mes voyages dans les environs de Fontainebleau que j'ai rencontré Fanny Osbourne, une artiste américaine plus âgée que moi, mariée et mère de deux enfants. Elle n'était pas encore divorcée quand nous avons décidé d'habiter ensemble. De passage à Londres, je me suis lancé dans le journalisme en tant que chroniqueur. Je n'étais pas très motivé. Je préférais écrire des fictions et des essais sur des auteurs célèbres. En 1878, Fanny est sommée par son mari de repartir aux États-Unis. Moi, je voyage en Auvergne parce que je ne supporte plus Paris. Je raconte ma traversée des Cévennes de 1879 dans *Voyage avec un âne dans les Cévennes*. La même année, je rejoins Fanny en Californie où nous nous marions, après son divorce. De retour en Europe, mon état de santé empire et nous ramène, Fanny, ses enfants et moi, dans le sud de la France. Quelques années plus tard, nous irons nous installer sur une des îles de l'archipel des Samoa, dans le Pacifique. C'est là que je meurs et repose.

Quels sont vos romans à succès ?

J'ai beaucoup écrit. Cependant, je suis devenu véritablement célèbre grâce à la publication en 1883 de *L'Île au trésor*. Il faut dire que ce succès est arrivé au bon moment : nous connaissions, mon épouse et moi, d'énormes difficultés financières. L'argent manquait. J'avais commencé l'écriture de ce roman d'aventures quelques années plus tôt. Durant un séjour en Écosse, un jour de pluie, j'avais dessiné une carte au trésor pour mon beau-fils. De là m'est venue l'idée de ce roman d'aventures. S'en est suivie une intense période où j'ai écrit en une quinzaine de chapitres les péripéties de mon jeune héros, Jim Hawkins. Malheureusement, mon état de santé a empiré et j'ai eu beaucoup de mal à terminer ce projet. Quelques années plus tard, mes éditeurs m'ont poussé à écrire une histoire qui se vende bien : en 1886, *L'Étrange Cas du Dr Jekyll et de M. Hyde* connaît un succès extraordinaire dans le monde entier. Ce petit roman fantastique témoigne bien de mes angoisses face à l'existence et à la complexité humaine.

Vous retrouvez-vous plutôt dans le Dr Jekyll ou dans M. Hyde ?

Au fond, un peu des deux. Les détails qui soulignent l'aggravation de l'état du Dr Jekyll traduisent mon propre état de santé. C'est vrai. J'ai été souffrant toute ma vie à l'image de ce pauvre docteur qui ne peut échapper au démon qui sommeille ne lui. Sans justifier la conduite de M. Hyde, je peux avouer que je retrouve chez ce criminel des échos lointains de la vie de bohème que j'ai menée ici et là durant ma jeunesse, quand j'étais étudiant et que je partageais avec mon cousin Robert le rejet des conventions. Je choquais alors ma famille par mes vêtements extravagants, mes sorties nocturnes dans les milieux interlopes d'Édimbourg et des écrits que mes proches jugeaient indécents.

Contexte historique et culturel

L'ère victorienne

Lorsqu'elle accède au trône d'Angleterre, la reine Victoria, alors âgée de dix-huit ans, entame l'un des règnes les plus longs et prospères de l'histoire de la monarchie anglaise. Exerçant le pouvoir de 1837 à sa mort en janvier 1901, la reine Victoria accompagne le formidable développement économique du Royaume-Uni (dont l'Écosse depuis 1800). Considéré comme la première puissance industrielle mondiale, le pays affirme son influence sur de nombreuses nations. Le règne de Victoria s'appuie sur le tout-puissant Empire colonial britannique qui rayonne dans le monde entier. Des Indes britanniques à l'Afrique, le Royaume-Uni étend son influence sur tous les continents et les mers.

Marié à son cousin le prince allemand Albert de Saxe-Cobourg-Gotha, la reine Victoria impose à ses sujets la vision d'un couple respectueux de la morale et des convenances. Ce puritanisme victorien s'incarne dans des valeurs comme la respectabilité mondaine, la ferveur religieuse et le travail. Il convient ainsi de réprimer ses instincts primaires en public au nom des bienséances sociales. L'attitude et les violences excessives de M. Hyde entrent donc en totale opposition avec les aspirations victoriennes.

L'organisation sociale

Durant tout le XIXe siècle, la prospérité britannique s'accompagne d'une évolution sociale et politique majeure. Étroitement liés à la réussite industrielle du pays, les paysages urbains et la géographie rurale se trouvent profondément modifiés. Les grandes compagnies privilégient alors l'industrie à l'agriculture. C'est la révolution industrielle. L'économie favorise l'exploitation du charbon et de l'acier.

Cette réussite économique amène une nouvelle population en ville. Des quartiers entiers sont créés pour accueillir une main-d'œuvre souvent mal payée. La pauvreté s'y concentre plus qu'ailleurs, entraînant avec elle une augmentation des violences et des crimes. Le quartier de Soho, où réside Hyde, en est une illustration. Cependant, l'enrichissement des cercles bourgeois contraste avec la misère grandissante des quartiers pauvres des grandes villes.

Parallèlement, la classe ouvrière manifeste son mécontentement et se rassemble autour d'organisations syndicales. Tout d'abord réprimés, les syndicats acquièrent leur reconnaissance légale par le vote du *Trade Union Tract* en 1871. Longtemps absents des productions romanesques, les travailleurs pauvres sont désormais mis en lumière par des auteurs comme Charles Dickens.

Sciences et culture

Le XIXe siècle en Europe se caractérise pour une évolution majeure des sciences et des techniques jetant les bases de la modernité du siècle suivant. Le réseau ferroviaire se densifie en Angleterre. Dès les années 1840, on assiste à une « Railway mania » qui vise à relier entre elles les principales villes du pays. Londres est la première ville au monde à ouvrir un métro en 1863. Les modèles scientifiques évoluent. Charles Darwin propose sa théorie de l'évolution des espèces. La médecine se modernise. L'Anglais Joseph Lister (1827-1912) initie l'asepsie en chirurgie. Louis Pasteur (1822-1895) pose les bases de la vaccination.

En littérature, le roman s'impose comme le genre dominant. Walter Scott (1771-1832) apparaît comme la référence du roman historique. Tout comme Stevenson, Walter Scott est un auteur écossais qui promeut les grandes figures héroïques du Royaume-Uni (*Rob Roy*, *Ivanhoé*...). Le fantastique se développe durant tout le XIXe siècle. Bram Stoker (1847-1912) terrifie ses lecteurs avec son terrible vampire Dracula. En France, Théophile Gautier (1811-1872) ou Guy de Maupassant (1850-1893) donnent corps aux créatures d'outre-tombe. Arthur Conan Doyle (1859-1930) s'inspire du chevalier Dupin inventé par Edgar Allan Poe (1809-1849) et crée son mythique personnage de Sherlock Holmes influençant pour longtemps la figure de l'enquêteur en littérature policière.

Repères chronologiques

1818	M. Shelley, *Frankenstein ou le Prométhée moderne* (roman fantastique).
1832	**Première réforme électorale « *Reform Bill* ». La classe moyenne obtient le droit de vote.**
1837	**Début du règne de la reine Victoria.**
1843	E. A. Poe, *Le Cœur révélateur* (conte fantastique).
1845	**Un parasite terrasse la production de pommes de terre en Irlande et provoque une famine historique.**
1849	C. Dickens, *David Copperfield* (roman d'aventures).
1850	Naissance de R. L. Stevenson.
1851	**Exposition universelle de Londres.**
1856	**Naissance de Sigmund Freud.**
1863	**Inauguration du premier métro souterrain à Londres.**
1867	**Les ouvriers qualifiés britanniques obtiennent le droit de vote.**
1883	R. L. Stevenson, *L'Île au trésor* (roman d'aventures).
1884	**Loi électorale anglaise établissant le suffrage universel masculin.**
1886	R. L. Stevenson: *L'Étrange Cas du Dr Jekyll et de M. Hyde* (roman fantastique).
1887	A. Conan Doyle: *Une étude en rouge* (roman policier).
1891	O. Wilde, *Le Portrait de Dorian Gray* (roman fantastique).
1894	Mort de R. L. Stevenson.
1895	H. G. Wells, *La Machine à explorer le temps* (roman de science-fiction).
1897	B. Stoker, *Dracula* (roman fantastique).
1901	**Mort de la reine Victoria. Début du règne d'Édouard VII.**
1914	**Début de la Première Guerre mondiale.**

Les grands thèmes de l'œuvre

L'influence du fantastique

Le thème du double

Le thème du double a déjà servi de sujet ou de point de départ à de nombreux récits fantastiques (*Le Cœur révélateur* d'Edgar Allan Poe ou encore *Le Chevalier double* de Théophile Gautier). Il se trouve au centre de l'intrigue de *L'Étrange Cas du Dr Jekyll et de M. Hyde*. Chez Stevenson, le bien et le mal cohabitent au sein d'un corps qu'ils se partagent et se côtoient parfois dans des moments d'échanges. Cependant, les personnalités sont clairement opposées. Les recherches scientifiques du Dr Jekyll s'attachent à trouver le moyen de séparer la part maléfique des individus. C'est de cette façon, en faisant des expériences sur lui-même, qu'il donne naissance à M. Hyde. Les métamorphoses successives de l'estimable Dr Jekyll pour le monstrueux M. Hyde sont systématiquement accompagnées d'actions condamnables ou criminelles. M. Hyde piétine une fillette innocente avant de frapper à mort un vieillard qui lui adresse la parole. De son côté, le Dr Jekyll s'efforce de demeurer respectueux de la morale.

L'écriture fantastique

L'Étrange Cas du Dr Jekyll et de M. Hyde emprunte de cette manière de nombreuses caractéristiques à la tradition du genre fantastique qui se déploie en art et en littérature tout au long du XIXe siècle. Aussi l'intrigue se noue-t-elle autour d'éléments inexplicables en apparence. Le dévouement du Dr Jekyll envers M. Hyde dont il fait son unique légataire par voie testamentaire, les incessantes allées et venues de M. Hyde dans la demeure à la porte double du Dr Jekyll, les recommandations de celui-ci à ses domestiques alimentent une indéniable forme d'étrangeté. En outre, l'atmosphère générale de l'œuvre exploite l'ensemble des nuances de la peur :

de la crainte de l'entourage du Dr Jekyll (chapitre 1) à la panique voire à l'épouvante des domestiques (chapitre 8). Le tout est renforcé par l'inquiétant décor des brumes et des nuits londoniennes, terrains des méfaits de M. Hyde. Tout au long du roman et conformément à la définition communément admise du genre fantastique, le lecteur se retrouve en proie à un mystère insoluble par la seule explication rationnelle. Le choix d'une narration à la première personne, par deux personnages différents, dans les deux derniers chapitres, contribue à ce mystère : l'explication est subjective, et ne sera pas commentée par Utterson, la figure de l'« enquêteur » dans laquelle le lecteur aura placé sa confiance.

L'écriture policière

La figure de l'enquêteur

Dès le premier chapitre, *L'Étrange Cas du Dr Jekyll et de M. Hyde* revêt les allures d'un récit policier. M. Utterson, le narrateur principal, s'apparente à un détective. C'est un homme de loi, au même titre qu'un juge d'instruction ou un inspecteur, menant une enquête sur une affaire sur laquelle pèsent des soupçons de captation d'héritage ou d'escroquerie à l'égard du Dr Jekyll. Se situant du côté de la raison, la méthode de M. Utterson consiste à recueillir de nombreux témoignages, à se confronter avec son suspect avant de se rendre sur des scènes de crimes perpétrés ou présumés.

Les crimes et la résolution de l'enquête

Le récit déroule de la sorte un nombre important de crimes de natures différentes. L'agression de la fillette (chapitre 1) précède l'assassinat de Sir Danvers Crew (chapitre 4) et les soupçons de chantage et de meurtre sur la personne du Dr Jekyll. L'enquête semble se clore d'elle-même avec le suicide de M. Hyde. La découverte du cadavre par Utterson et Poole dans une pièce fermée de l'intérieur, véritable lieu commun des trames policières, s'accompagne d'une étude minutieuse des objets présents et d'hypothèses propres au roman d'énigme. Le mystère persiste cependant avec la disparition du Dr Jekyll. Tout comme dans un roman policier traditionnel, c'est le développement final qui se charge, par l'intermédiaire de deux lettres posthumes, d'apporter une résolution avec les réponses attendues aux interrogations successives de l'enquête.

En définitive, avec *L'Étrange Cas du Dr Jekyll et de M. Hyde*, le lecteur suit pas à pas un récit d'enquête au cœur d'une inquiétante cité londonienne qui devient à partir de 1887, avec *Une étude en rouge*, le principal théâtre des aventures du détective inventé par Arthur Conan Doyle : Sherlock Holmes.

Les échos scientifiques

La foi dans la science et le progrès

Dans une certaine mesure, le roman de Stevenson propose au lecteur une réflexion sur la science et le progrès. L'auteur écrit *L'Étrange Cas du Dr Jekyll et de M. Hyde* dans une Angleterre victorienne convaincue des bienfaits des progrès scientifiques. Après tout, c'est l'Angleterre qui organise en 1851 la toute première Exposition universelle (*Great Exhibition of the Works of the Industry of all Nations*) dont l'un des objectifs avoués est de sensibiliser le public aux dernières évolutions techniques. C'est dans ce contexte de confiance dans les technologies à venir que grandit Robert Louis Stevenson. En devenant le sujet de ses propres expériences, le Dr Jekyll pousse de cette manière son dévouement scientifique au plus haut niveau. Les métamorphoses qui sont à l'origine de l'apparition de M. Hyde n'entretiennent aucun lien avec la magie. Elles se révèlent juste le produit d'expérimentations scientifiques successives et c'est dans son laboratoire que le Dr Jekyll met accidentellement au point sa terrible formule de transformation. Quelques années après la parution du roman de Stevenson, en 1895, H. G. Wells fait publier en Angleterre *La Machine à explorer le temps*, qui questionne l'attitude de la société londonienne face à la science et aux industries nouvelles.

L’émergence de la psychanalyse

Dans cette perspective, il convient de rapprocher *L’Étrange Cas du Dr Jekyll et de M. Hyde* des travaux psychanalytiques qui commencent à se développer en Europe à la fin du XIXe siècle. Le roman paraît à l’époque des premières publications de Sigmund Freud, père de la psychanalyse, à la suite des travaux de Jean-Martin Charcot et des études sur l’hypnose menées à l’hôpital de la Salpêtrière à Paris. Les deux personnalités antagonistes du roman apparaîtraient dès lors comme le symbole des différentes pulsions qui peuvent traverser une même personne, et dont elle n’a pas forcément conscience (le nom du personnage de Hyde fait penser au verbe anglais *to hide*, qui signifie « cacher »). Stevenson met ainsi au jour la dualité des individus déchirés entre la nécessité de respecter les normes et les conventions sociales et le désir de se libérer des contraintes morales imposées par la vie en commun. Plus profondément, le Dr Jekyll pourrait refléter une part identifiée de la personnalité de l’auteur (familier en raison de sa maladie de la profession médicale), en lutte avec la moralité victorienne. En cela, l’attitude révoltée et libertaire de M. Hyde témoignerait de son côté du désir farouche de l’auteur d’échapper à l’héritage professionnel ou spirituel de sa famille.

Fenêtres sur…

Des ouvrages à lire

D'autres récits de Robert Louis Stevenson

• *Voyage avec un âne dans les Cévennes* [1879], trad. de Léon Bocquet, Garnier-Flammarion, 2017.
Ce récit rapporte l'incroyable voyage qu'entreprit à pied Stevenson, en 1879, dans les Cévennes. Durant douze jours de marche, l'auteur transmet sa ferveur du voyage et invite son lecteur à réfléchir sur les guerres qui ont eu lieu dans la région. Après la mort de Stevenson, le succès de l'ouvrage fut à l'origine d'un parcours de randonnée qui permet encore aujourd'hui de suivre les pas de l'auteur.

• *L'Île au trésor* [1883], trad. de J. Papy, Belin-Gallimard, « Classico », 2013.
Au XVIIIe *siècle, le jeune Jim Hawkins se retrouve en possession d'une carte indiquant l'emplacement du fabuleux trésor d'un célèbre pirate. Embarqué comme membre d'équipage sur l'*Hispaniola*, il découvre rapidement que la plupart des matelots à bord sont des pirates qui s'apprêtent à prendre le contrôle du navire.*

• *Le Maître de Ballantrae* [1889], Gallimard, « Folio classique », 2000.
Dans ce roman d'aventures qui se déroule en Écosse au XVIII*e siècle, l'auteur rapporte l'affrontement jusqu'à la mort de deux frères que tout oppose. Considéré par beaucoup comme le véritable chef-d'œuvre de Stevenson,* Le Maître de Ballantrae *surprend son lecteur par le jeu de sa narration.*

Des histoires fantastiques

• Mary Shelley, *Frankenstein ou le Prométhée moderne* [1818], trad. de Hannah Betjeman, Belin-Gallimard, « Classico », 2023.
Le savant Viktor Frankenstein parvient à donner la vie à une créature constituée de parties humaines provenant de différents cadavres. Abandonné par son créateur, le monstre, qui n'a pas de nom, décide de se venger en faisant régner la terreur parmi les proches du scientifique. Le récit, écrit à la première personne, est à l'origine d'un mythe de la littérature fantastique.

• Guy de Maupassant, *Le Horla* [1887], Belin-Gallimard, « Classico », 2011.
Cherchant le repos dans sa maison d'enfance en Normandie, le narrateur devine autour de lui la présence d'une créature invisible qui le vide de ses forces vives. Incapable de se délivrer de ce spectre qu'il nomme le Horla, le narrateur sombre dans la folie criminelle. Cette seconde version de l'histoire écrite par Guy de Maupassant, Le Horla, *illustre la définition traditionnelle du fantastique en France.*

• Bram Stoker, *Dracula* [1897], trad. de Josette Chicheportiche, Hatier, « Classiques et Cie », 2013.
Le jeune notaire anglais Jonathan Harker se rend en Transylvanie pour rencontrer le comte Dracula. Sur place, il se rend compte que son hôte est un vampire qui sort la nuit de son cercueil pour s'attaquer à ses victimes et se nourrir de leur sang. Loin des adaptations cinématographiques souvent réductrices, le roman de Bram Stoker présente l'image d'un vampire complexe qui échappe aux stéréotypes qui reprendront son illustre nom.

• Edgar Allan Poe, *Trois nouvelles extraordinaires*, trad. de Charles Baudelaire, Belin-Gallimard, « Classico », 2009.
Deux cadavres de femmes sont retrouvés dans la rue Morgue. Un mystère plane autour de leur assassinat sauvage. Un chat noir hante l'esprit d'un homme qui sombre dans la folie. Une morte revient d'outre-tombe pour retrouver son mari. Deux nouvelles fantastiques et un récit policier témoignent des liens qui unissent les deux genres durant tout le XIXe *siècle.*

Des romans policiers frissonnants

• Arthur Conan Doyle, *Le Chien des Baskerville* [1901], trad. de Bernard Tourville, Belin-Gallimard, « Classico », 2021.
Sir Charles Baskerville est retrouvé mort dans les plaines du Dartmoor. Certains racontent qu'il aurait été victime de la malédiction d'une créature infernale chargée de traquer chaque membre de cette famille d'aristocrates fortunés qui croisera son chemin. Aidé du Dr Watson, Sherlock Holmes se rend sur place pour élucider cette ténébreuse affaire.

• Maurice Leblanc, *L'Île aux trente cercueils*, [1919], Le Livre de poche, 1979.
Véronique d'Hergemont est sur le point de retrouver son fils qu'elle croyait mort depuis quatorze ans. Arrivée sur l'effrayante île de Sarek, elle va devoir affronter les réalisations macabres d'une ancienne prédiction celte. Située entre raison et surnaturel, cette aventure d'Arsène Lupin plonge le lecteur dans une intrigue où les apparences sont souvent trompeuses.

• Fred Vargas, *Pars vite et reviens tard*, Magnard, « Classiques et contemporains », 2006.
Le commissaire Jean-Baptiste Adamsberg vient d'être nommé à la tête de la nouvelle brigade criminelle de Paris quand une femme vient l'alerter de l'apparition d'étranges signes sur les treize portes de son immeuble. Des meurtres sont commis. Chaque corps est recouvert de charbon de bois. Il n'en faut pas plus pour que le spectre de la peste noire s'installe dans la capitale.

Des films à voir

(Les œuvres citées ci-dessous sont disponibles en DVD.)

- **Victor Fleming, *Dr Jekyll and Mr Hyde* (*Docteur Jekyll et Mister Hyde*), 1941.**

À Londres, le jeune Dr Jekyll est fiancé à la belle Beatrix Emery. Ayant mis au point une potion qui le métamorphose en un sanguinaire et violent personnage dénommé Mr Hyde, il arpente les rues de la capitale londonienne. Cette adaptation libre du roman de Stevenson introduit à plusieurs reprises le thème de l'amour, absent de l'histoire originale.

- **Jerry Lewis, *The Nutty Professor* (*Docteur Jerry et Mister Love*), 1963.**

Un timide professeur de chimie, brillant mais au physique peu avenant, se métamorphose en Buddy Love, un irrésistible séducteur exclusivement tourné sur lui-même, à la suite de la découverte d'une potion miraculeuse. Dans cette comédie burlesque, Jerry Lewis reprend l'idée du célèbre roman de Stevenson en associant cette fois la beauté au mal et la laideur à la sincérité.

- **Stephen Frears, *Mary Reilly*, 1996.**

À Londres, au XIXe siècle, Mary Reilly entre au service du Dr Jekyll. La jeune fille, fragilisée par son enfance difficile, entame une relation de confiance avec son maître jusqu'à l'arrivée d'un inquiétant assistant : M. Hyde.

- **Ang Lee, *Hulk*, 2003.**

Au cours de l'une de ses expériences scientifiques, le Dr Bruce Banner se trouve exposé à une forte dose de rayons gamma. Depuis ce jour, quand il se met en colère, il se métamorphose en un colossal et incontrôlable monstre vert nommé Hulk.

Des œuvres d'art à découvrir

Histoire des arts

(Toutes les œuvres citées ci-dessous peuvent être vues sur Internet.)

- **Gian Lorenzo Berninni dit Le Bernin, *Apollon et Daphné*, sculpture, XVIIe siècle, galerie Borghese, Rome.**

Cette monumentale statue en marbre de 243 centimètres restitue un récit tiré des Métamorphoses *d'Ovide. Cette histoire mythologique rapporte la transformation de Daphné, fille du fleuve Pénée, dans sa fuite désespérée du dieu Apollon, alors sous l'influence d'Éros. Incapable d'échapper à l'emprise du dieu des arts et de la beauté masculine, Daphné supplie alors son père de la sauver en la changeant en arbre, le laurier. La sculpture saisit l'instant de cette métamorphose au moment où Daphné abandonne peu à peu sa forme humaine.*

- **Johann Heinrich Füssli, *Le Cauchemar*, huile sur toile, 1781, Detroit Institute of Arts.**

Le Cauchemar *superpose sur une seule toile les images du rêve et de la rêveuse. Une femme, couchée sur un lit, exprime les tourments de son cauchemar tandis que des créatures surnaturelles et terrifiantes la surplombent dans une attitude menaçante. Reposant essentiellement sur un effet de clair-obscur qui renforce l'étrangeté de la scène, cette toile serait à l'origine du cauchemar de Mary Shelley ayant inspiré son* Frankenstein ou le Prométhée moderne.

@ Des sites Internet à consulter

- **https://www.chemin-stevenson.org/decouvrez-le-chemin-de-stevenson-gr70**

Partez sur la piste de Robert Louis Stevenson en visualisant l'itinéraire de sa randonnée solitaire en Auvergne. « Le Chemin de Stevenson », long de 200 kilomètres, vous propose de visiter les lieux où l'auteur s'est arrêté au cours de son Voyage avec un âne dans les Cévennes. *Ce site permet aussi de s'informer sur Robert Louis Stevenson par l'intermédiaire du catalogue d'une exposition.*

• **https://www.ina.fr/video/I04230108/serge-gainsbourg-docteur-jekyll-et-monsieur-hyde-video.html**
Cette archive de l'INA présente l'enregistrement d'une interprétation de Serge Gainsbourg intitulée « Docteur Jekyll et monsieur Hyde ». Les paroles de cette chanson de 1968 présentent un M. Hyde victorieux, débarrassé pour toujours du Dr Jekyll.

• **https://www.larevuedesressources.org/-robert-louis-stevenson,007-.html**
Le site permet la lecture de nombreux extraits de Stevenson ainsi que des textes écrits par d'autres auteurs passionnés.

Notes

Notes

Dans la même collection

CLASSICOCOLLÈGE

14-18 Lettres d'écrivains (anthologie) (1)
Contes (Andersen, Aulnoy, Grimm, Perrault) (93)
Douze nouvelles contemporaines (anthologie) (119)
Fabliaux (94)
La Farce de maître Pathelin (75)
Gilgamesh (17)
Histoires de vampires (33)
Les Mille et Une Nuits: Aladin, Ali Baba, Sindbâd (156)
Neuf nouvelles réalistes (anthologie) (125)
La Poésie engagée (anthologie) (31)
La Poésie lyrique (anthologie) (49)
Le Roman de Renart (50)
Les textes fondateurs (anthologie) (123)
Jean Anouilh – *Le Bal des voleurs* (78)
Guillaume Apollinaire – *Calligrammes* (2)
Louis Aragon – *Le Collaborateur et autres nouvelles sur la guerre* (142)
Honoré de Balzac – *Le Colonel Chabert* (57)
René Barjavel – *Le Voyageur imprudent* (141)
James Matthew Barrie – *Peter Pan* (165)
Béroul – *Tristan et Iseut* (61)
Ray Bradbury – *Fahrenheit 451* (152)
Évelyne Brisou-Pellen – *Thésée, Ariane et le Minotaure* (158)
Albert Camus – *Le Malentendu* (114)
Lewis Carroll – *Alice au pays des merveilles* (53)
Driss Chraïbi – *La Civilisation, ma Mère!...* (79)
Arthur Conan Doyle – *Sherlock Holmes, Le Chien des Baskerville* (173)
Chrétien de Troyes – *Érec et Énide* (144)
Chrétien de Troyes – *Lancelot ou le Chevalier de la charrette* (109)
Chrétien de Troyes – *Perceval* (191)
Chrétien de Troyes – *Yvain ou le Chevalier au lion* (3)
Jean Cocteau – *Antigone* (96)
Albert Cohen – *Le Livre de ma mère* (59)
Corneille – *Le Cid* (41)
Didier Daeninckx – *Meurtres pour mémoire* (4)
Dai Sijie – *Balzac et la Petite Tailleuse chinoise* (116)
Annie Ernaux – *La Place* (82)
Georges Feydeau – *Dormez, je le veux!* (76)
Romain Gary – *La Vie devant soi* (113)
Théophile Gautier – *La Morte amoureuse et autres nouvelles fantastiques* (146)
Jean Giraudoux – *La guerre de Troie n'aura pas lieu* (127)

William Golding – *Sa Majesté des Mouches* (5)
Jacob et Wilhelm Grimm – *Contes* (73)
Homère – *L'Odyssée* (14)
Victor Hugo – *Claude Gueux* (6)
Victor Hugo – *Les Misérables* (110)
Sébastien Japrisot – *Un long dimanche de fiançailles* (195)
Joseph Kessel – *Le Lion* (38)
Joseph Kessel – *Une balle perdue* (167)
Rudyard Kipling – *Le Livre de la Jungle* (133)
Jean de La Fontaine – *Fables* (74)
Maurice Leblanc – *L'Aiguille creuse, une aventure d'Arsène Lupin* (184)
J.M.G. Le Clézio – *L'Africain* (193)
J.M.G. Le Clézio – *Mondo et trois autres histoires* (34)
Mme Leprince de Beaumont – *La Belle et la Bête* (140)
Jack London – *L'Appel de la forêt* (30)
Marivaux – *L'Île des esclaves* (139)
Guy de Maupassant – *Histoire vraie et autres nouvelles* (7)
Guy de Maupassant – *Le Horla* (54)
Guy de Maupassant – *Nouvelles réalistes* (97)
Prosper Mérimée, Théophile Gautier, Guy de Maupassant – *La Vénus d'Ille et autres nouvelles fantastiques* (136)
Prosper Mérimée – *La Vénus d'Ille* (192)
Molière – *L'Avare* (51)
Molière – *Le Bourgeois gentilhomme* (62)
Molière – *Les Fourberies de Scapin* (9)
Molière – *George Dandin* (115)
Molière – *Le Malade imaginaire* (42)
Molière – *Le Médecin malgré lui* (13)
Molière – *Le Médecin volant et L'Amour médecin* (52)
Jean Molla – *Felicidad* (168)
Jean Molla – *Sobibor* (32)
Michael Morpurgo – *Cheval de guerre* (154)
Jean-Claude Mourlevat – *Terrienne* (159)
Jean-Claude Mourlevat – *Silhouette* (185)
George Orwell – *La Ferme des animaux* (130)
George Orwell – *1984* (175)
Ovide – *Les Métamorphoses* (37)
Daniel Pennac – *Kamo et moi* (172)
Charles Perrault – *Contes* (15)
Edgar Allan Poe – *Trois nouvelles extraordinaires* (16)
Jules Romains – *Knock ou le Triomphe de la médecine* (10)
Edmond Rostand – *Cyrano de Bergerac* (58)
Antoine de Saint-Exupéry – *Lettre à un otage* (11)
William Shakespeare – *Roméo et Juliette* (70)
Mary Shelley – *Frankenstein* (194)

Sophocle – *Antigone* (81)
John Steinbeck – *Des souris et des hommes* (100)
Robert Louis Stevenson – *L'Étrange Cas du Dr Jekyll et de M. Hyde* (155)
Robert Louis Stevenson – *L'Île au Trésor* (95)
Jonathan Swift – *Gulliver. Voyage à Lilliput* (151)
Jean Tardieu – *Quatre courtes pièces* (63)
Michel Tournier – *Vendredi ou la Vie sauvage* (69)
Mark Twain – *Les Aventures de Tom Sawyer* (150)
Fred Uhlman – *L'Ami retrouvé* (80)
Paul Verlaine – *Romances sans paroles* (12)
Jules Verne – *Le Tour du monde en 80 jours* (166)
Voltaire – *Jeannot et Colin, Le Monde comme il va* (174)
Marguerite Yourcenar – *Comment Wang-Fô fut sauvé* (186)
Anne Wiazemsky – *Mon enfant de Berlin* (98)
Émile Zola – *Au Bonheur des Dames* (128)

CLASSICOLYCÉE

Des poèmes et des rêves (anthologie) (105)
Nathacha Appanah – *Tropique de la violence* (196)
Guillaume Apollinaire – *Alcools* (25)
Honoré de Balzac – *La Fille aux yeux d'or* (120)
Honoré de Balzac – *Le Colonel Chabert* (131)
Honoré de Balzac – *Le Père Goriot* (99)
Honoré de Balzac – *La Peau de chagrin* (188)
Honoré de Balzac – *Mémoires de deux jeunes mariées* (189)
Charles Baudelaire – *Les Fleurs du mal* (21)
Charles Baudelaire – *Le Spleen de Paris* (87)
Beaumarchais – *Le Barbier de Séville* (138)
Beaumarchais – *Le Mariage de Figaro* (65)
Ray Bradbury – *Fahrenheit 451* (66)
Albert Camus – *La Peste* (90)
Emmanuel Carrère – *L'Adversaire* (40)
Blaise Cendrars – *Prose du Transsibérien et autres poèmes* (147)
Corneille – *Le Cid* (129)
Corneille – *Médée* (84)
Dai Sijie – *Balzac et la Petite Tailleuse chinoise* (28)
Robert Desnos – *Corps et Biens* (132)
Denis Diderot – *Supplément au Voyage de Bougainville* (56)
Joachim du Bellay – *Les Regrets* (187)
Alexandre Dumas – *Pauline* (121)
Alexandre Dumas – *Antony* (177)
Marguerite Duras – *Le Ravissement de Lol V. Stein* (134)

Marguerite Duras – *Un barrage contre le Pacifique* (67)
Paul Éluard – *Capitale de la douleur* (91)
Annie Ernaux – *La Place* (35)
Élisabeth Filhol – *La Centrale* (112)
Francis Scott Fitzgerald – *Gatsby le magnifique* (104)
Gustave Flaubert – *Madame Bovary* (89)
Gustave Flaubert – *Un cœur simple* (77)
François Garde – *Ce qu'il advint du sauvage blanc* (145)
Romain Gary – *La Vie devant soi* (29)
Romain Gary – *Les Cerfs-volants* (157)
Jean Genet – *Les Bonnes* (45)
Jean Giono – *Un roi sans divertissement* (118)
Olympe de Gouges – *Déclaration des droits de la femme et de la citoyenne* (179)
J.-Cl. Grumberg, Ph. Minyana, N. Renaude – *Trois pièces contemporaines* (24)
Victor Hugo – *Anthologie poétique* (124)
Victor Hugo – *Le Dernier Jour d'un condamné* (44)
Victor Hugo – *Les Contemplations* (livres I à IV) (163)
Victor Hugo – *Ruy Blas* (19)
Eugène Ionesco – *La Cantatrice chauve* (20)
Eugène Ionesco – *Le roi se meurt* (43)
Louise Labé – *Poésies* (176)
Jean de La Bruyère – *Les Caractères* (livres V à X) (181)
Jean de La Bruyère – *Les Caractères* (livre XI) (182)
Jean de La Fontaine – *Fables* (livres VII à XI) (164)
Laclos – *Les Liaisons dangereuses* (88)
Mme de Lafayette – *La Princesse de Clèves* (71)
Marivaux – *Les Fausses Confidences* (170)
Marivaux – *L'Île des esclaves* (36)
Marivaux – *Le Jeu de l'amour et du hasard* (55)
Guy de Maupassant – *Bel-Ami* (27)
Guy de Maupassant – *Pierre et Jean* (64)
Guy de Maupassant – *Une partie de campagne et autres nouvelles réalistes* (143)
Pierre Michon – *Vies minuscules* (180)
Patrick Modiano – *Dora Bruder* (169)
Molière – *Dom Juan* (26)
Molière – *L'École des femmes* (102)
Molière – *Les Femmes savantes* (149)
Molière – *Le Malade imaginaire* (171)
Molière – *Le Misanthrope* (122)
Molière – *Le Tartuffe* (48)
Montaigne – *Essais. Des Cannibales, Des coches* (161)
Montesquieu – *Lettres persanes* (103)
Alfred de Musset – *Lorenzaccio* (111)
Alfred de Musset – *On ne badine pas avec l'amour* (86)

Marie NDiaye – *Histoire de Khady Demba. Trois femmes puissantes* (190)
George Orwell – *La Ferme des animaux* (106)
Pierre Péju – *La Petite Chartreuse* (92)
Charles Perrault – *Contes* (137)
Francis Ponge – *Le Parti pris des choses* (72)
Abbé Prévost – *Manon Lescaut* (23)
François Rabelais – *Gargantua* (183)
Racine – *Andromaque* (22)
Racine – *Bérénice* (60)
Racine – *Britannicus* (108)
Racine – *Phèdre* (39)
Arthur Rimbaud – *Œuvres poétiques* (68)
Arthur Rimbaud – *Cahiers de Douai* (197)
Tiago Rodrigues – *Bovary* (178)
Edmond Rostand – *Cyrano de Bergerac* (148)
Stendhal – *Le Rouge et le Noir* (160)
Paul Verlaine – *Poèmes saturniens* et *Fêtes galantes* (101)
Jules Verne – *Voyage au centre de la Terre* (162)
Voltaire – *Candide* (18)
Voltaire – *L'Ingénu* (85)
Voltaire – *Micromégas* (117)
Voltaire – *Traité sur la tolérance* (135)
Voltaire – *Zadig* (47)
Émile Zola – *La Fortune des Rougon* (46)
Émile Zola – *Nouvelles naturalistes* (83)
Émile Zola – *Thérèse Raquin* (107)

Cet ouvrage a été composé par Palimpseste à Chevreuse.

La pâte à papier utilisée pour la fabrication du papier de cet ouvrage provient de forêts certifiées et gérées durablement.

Imprimé en Espagne par Novoprint
Dépôt légal : août 2019 – N° d'édition : 03580494-04/mai 2023

PEFC PEFC/14-38-00277